KRÁPITER
CONTRA O IMPÉRIO DAS TREVAS

MÁRIO
ALEXANDRE
ABUD

KRÁPITER
CONTRA O IMPÉRIO DAS TREVAS

TALENTOS DA LITERATURA BRASILEIRA | São Paulo, 2019

Krápiter contra o Império das Trevas
Copyright © 2019 by Mário Alexandre Abud
Copyright © 2019 by Novo Século Editora Ltda.

AQUISIÇÕES
Cleber Vasconcelos

EDITORIAL
Bruna Casaroti • Jacob Paes • João Paulo Putini • Nair Ferraz
Renata de Mello do Vale • Vitor Donofrio

PREPARAÇÃO: Marília Courbassier Paris
PROJETO GRÁFICO: João Paulo Putini
CAPA & DIAGRAMAÇÃO: Equipe Novo Século
REVISÃO: Daniela Georgeto

Texto de acordo com as normas do Novo Acordo Ortográfico da Língua Portuguesa (1990), em vigor desde 1º de janeiro de 2009.

Dados Internacionais de Catalogação na Publicação (CIP)

Abud, Mário Alexandre
    Krápiter contra o Império das Trevas / Mário Alexandre Abud.
– Barueri, SP : Novo Século Editora, 2019.
    (Coleção Talentos da Literatura Brasileira)

1.Ficção brasileira 2. Ficção científica brasileira I. Título

19-1735   CDD 869.3

Índice para catálogo sistemático:
1. Ficção : Literatura brasileira 869.3

GRUPO NOVO SÉCULO
Alameda Araguaia, 2190 – Bloco A – 11º andar – Conjunto 1111
CEP 06455-000 – Alphaville Industrial, Barueri – SP – Brasil
Telefone: (11) 3699-7107
www.gruponovoseculo.com.br | atendimento@gruponovoseculo.com.br

AGRADECIMENTOS

À Suprema Inteligência criadora de tudo, inicialmente gostaria de agradecer pela oportunidade que me foi dada para mais um aprendizado e por ter permitido que a humanidade tivesse acesso aos ensinamentos sábios do Mestre dos Mestres.

Ao Mestre dos Mestres, pelo Seu amor infinito por todas as criaturas e pelos Seus inestimáveis ensinamentos.

A todos que colaboraram para que este sonho fosse concretizado. Alguns não sei o nome, mas o que importa é que todos vocês sabem que contribuíram com este projeto. Eu serei sempre grato a todos vocês!

Aos gênios Stan Lee e J. K. Rowling, por terem ajudado milhões de pessoas a ter uma vida mais feliz.

Bom divertimento!

QUALQUER SEMELHANÇA COM FATOS E PESSOAS REAIS É MERA COINCIDÊNCIA.

KRÁPITER USA ROUPA PRETA TODA DE COURO, CABELO ATÉ O OMBRO COMO UM *ROCK STAR*, BARBA POR FAZER E UM OLHAR BEM SARCÁSTICO E INTIMIDADOR.

1. SEM DOR, SEM GANHO

Krápiter, ajoelhado, com seus cabelos pretos cobrindo sua cabeça abaixada, começa a pensar: *Que estranho! De repente começo a rever tudo... A minha primeira missão, ou seria a minha primeira tarefa...?*

Como se tivesse voltado no tempo, ele se encontra em um corredor de um rico prédio, olhando-se no espelho:

— Opa, gostei do meu visual! Cabelos compridos, roupa e casaco pretos, parecendo um uniforme... Muito irado!

Ele caminha em direção a uma porta fechada e, estranhamente, consegue enxergar o que está acontecendo dentro da sala, então sente uma força incontrolável que o impele a entrar e fazer parte da reunião.

Ao entrar na enorme sala, Krápiter encontra dois seguranças armados e, no meio da sala, uma grande mesa oval, repleta de pratos com diversos tipos de comidas e oito políticos sentados em volta dela, sendo quatro homens e quatro mulheres.

Ao reconhecer as figuras políticas importantes do país e vendo do que se tratava a reunião, Krápiter diz:

— Mas que interessante! Vocês dizem nas mídias que são inimigos, mas estão aqui reunidos discutindo como dividir o dinheiro que vocês desviaram das verbas públicas de algumas cidades e estados!

No instante em que os seguranças apontam as armas para Krápiter, imediatamente ele os atinge, erguendo-os e mantendo-os imóveis na parede, e fazendo com que suas armas caiam no chão. Aproximando-se da mesa, ele come alguns aperitivos e fala de forma enérgica para os oito políticos paralisados em suas cadeiras:

— Como eu sou uma criatura muito piedosa, darei cinco dias para vocês esclarecerem tudo de errado que fizeram e se entregarem para as autoridades competentes. Cinco dias, entenderam?!

Decorridos os cinco dias, Krápiter aparece novamente do lado de fora da porta e pensa: *Preciso calibrar meu GPS, eu deveria estar DENTRO da sala e não FORA! Bem, uma simples porta trancada não vai me impedir de entrar!*

Krápiter atravessa a porta e imediatamente aponta suas mãos em direção aos seguranças que estavam a postos para matá-lo. Eles são atirados contra a parede e suas armas caem no chão.

Krápiter, enfurecido, sobe na mesa, fica frente a frente com o político mais velho e grita com voz aterrorizante:

— Vocês não fizeram nada nesses cinco dias? E ainda por cima me esperaram com comida envenenada e com seus capangas armados escondidos? Vocês são muito amadores...

Krápiter desce, senta-se confortavelmente na cadeira e apoia os pés em cima da mesa. Os políticos ficam como se estivessem amarrados nas cadeiras, sem conseguirem se mexer.

— Bem, enquanto aguardamos meus convidados para saborearem a sua comida especial, fiquem sem falar e sem se mexer nas confortáveis cadeiras, pensando na oportunidade que perderam ao não se redimirem! — diz Krápiter de forma bem sarcástica.

Decorridos alguns minutos, entram na sala dois jovens de uns 14 anos com o motorista particular deles, que apressadamente se justifica ao político mais velho:

— Senhor, recebi uma ordem para trazer os dois netos de vocês para uma festa surpresa e espero que não estejamos atrasados.

Krápiter se levanta e, sorrindo para os dois jovens, diz:

— Venham, meus jovens amigos, seus queridos avós prepararam uma comida especial para vocês!

Os políticos, com expressão de ódio e pavor, tentam se mexer e falar algo, mas não conseguem.

Quando os dois jovens vão pegar os sanduíches envenenados, Krápiter segura as suas mãos e diz a eles:

— Calma, esta comida não serve. Ela foi feita para me matar e eu não quero que vocês morram. Não sou do tipo dos seus avós!

Os dois jovens, assustados, olham para seus avós, que permanecem mudos, como se estivessem acorrentados nas cadeiras. Krápiter, com as mãos apontadas para os dois, diz:

— Vocês vão embora agora. Não odeiem os seus avós, porque amanhã vocês saberão toda a maldade que eles já fizeram contra o povo do seu país. Eu vejo que vocês dois serão grandes políticos competentes e honestos e irei presenteá-los com uma proteção que lhes ajudará muito.

Enquanto o motorista e os dois jovens saem da sala como se estivessem hipnotizados, Krápiter se volta para os políticos e fala de forma ríspida para eles:

— Vocês não merecem viver! Vocês deveriam sentir na pele toda a dor que causaram às famílias em hospitais sem atendimento, às crianças sem merenda escolar, aos professores que recebem salários insignificantes! Vocês deveriam sentir toda a dor daqueles que sofreram por causa dos roubos que vocês fizeram!

No mesmo instante, Krápiter pensa e sorri de forma irônica: *Ora, ora, gostei dessa ideia... Vamos fazer esses miseráveis sentirem toda a dor que causaram...*

— Seus crápulas, comecem a pagar pelo mal que causaram aos inocentes! Sintam todas as dores deles agora! E não adianta tentar telefonar, chamar a segurança, nenhum equipamento irá funcionar! E vocês ficarão trancados aqui!

Ao sair e trancar a porta, Krápiter fala para ele mesmo em voz alta:

— Como sou muito piedoso, deixei as armas para que esses covardes decidam o que podem fazer após sentirem todo o sofrimento... Cada suicídio custará uma pena para cada um, de acordo com o mal que causaram. Se quiserem se arrepender dos crimes cometidos, basta que se entreguem à polícia. Perderão coisas imediatas, mas evitarão muitos sofrimentos posteriores. Tudo vai depender da escolha de cada um. E como diz um grande filósofo: toda escolha leva a uma angústia... Após o suicídio, uns serão levados direto para as trevas para servirem de escravos aos chefes do mal. Outros irão perder o seu corpo espiritual e ficarão em forma de ovo no abismo, revivendo os sofrimentos que causaram. E os piores retornarão à forma de átomo, perdendo tudo o que fizeram até hoje, e recomeçarão a jornada de evolução com uma marca no núcleo do átomo. Serão minerais, depois vegetais, animais e seres humanos, que evoluirão somente em mundos e dimensões de sofrimento, igual ou pior do que o planeta Terra atualmente. Isso já aconteceu com bilhões de seres que erraram em outros planetas, por isso existem plantas e animais na Terra que sofrem, mesmo não tendo carma aparente, uma vez que eles não têm livre-arbítrio; eles tiveram livre-arbítrio anteriormente, mas falharam e tiveram de recomeçar a sua jornada evolutiva, até que um dia possam colocar em prática os ensinamentos do Mestre do Mestres e somente assim se livrar desse ciclo de renascimentos de sofrimento. Então perderão a marca que os identifica como indivíduos comprometidos com o mal. Tenho a impressão de que não terei muito tempo para concluir os outros serviços. Não adianta dar um prazo para que esses malfeitores possam se redimir. Já tiveram tempo suficiente. Serei mais eficiente a partir de agora...

2. FAÇA SEMPRE O CERTO, CUSTE O QUE CUSTAR

Na manhã do dia seguinte, após o suicídio coletivo dos políticos, dois novos personagens conversam pelo celular:

— Bom dia, Comandante, já soube do que aconteceu ontem?

— Você está maluco de me ligar tão cedo? Eu tenho uma reunião importante no Conselho de Administração da Holding! Ninguém pode saber do nosso acordo...

— Calma, chefia. É muito importante. Um dos nossos senadores fez parte de um suicídio coletivo ontem no escritório dele. Mas não se preocupe, continue a sua reuniãozinha que eu continuarei a vender as drogas para os nossos distribuidores de confiança. Vou levantar algumas informações e depois conversaremos...

Em outro bairro da importante cidade, no Departamento de Investigação de Casos Especiais, o coordenador da área conversa com seus dois melhores investigadores:

— Eu chamei vocês dois para uma conversa extremamente confidencial e, como sempre, vocês terão que manter o sigilo sobre o assunto.

— O que houve de tão importante?

— Ontem aconteceu um suicídio coletivo de vários políticos no escritório luxuoso daquele famoso senador que vocês dois estavam começando a investigar.

— Como assim, suicídio coletivo, chefe? — pergunta assustada a investigadora Lucy.

— Por isso chamei vocês dois. A imprensa não poderá divulgar o que aconteceu, eles estão reunidos agora para ver que tipo de notícia será dada ao público em geral.

O chefe Carlos já tinha resolvido vários casos utilizando a dupla de detetives Lucy e Jorge, dois amigos que se formaram na universidade e que trabalham muito bem juntos.

— Pode deixar conosco. Sabemos que casos desse tipo não podem ser divulgados para a população, para que não haja pânico. Vamos começar a investigação — diz Jorge, sempre confiante no trabalho da sua dupla.

Em outro país, também em uma grande cidade, Krápiter desperta sentado em um banco de uma linda praça em frente a vários prédios comerciais de alto padrão. Algumas pessoas passam por ali e conversam em outra língua, porém Krápiter consegue entender perfeitamente, como se fosse a sua língua materna. Isso lhe desperta uma grande surpresa:

— O que está acontecendo comigo? Todas essas pessoas falando em outro idioma e eu consigo entender tudo! E o que houve, depois que saí do escritório daquele político? Não consigo me lembrar de nada...

Enquanto Krápiter tenta entender o que está acontecendo, um tumulto ocorre no prédio em frente ao banco da praça em que ele está sentado, onde carros da polícia estão estacionados com as luzes piscando.

Imediatamente ele percebe o movimento e começa a entender o que estava acontecendo, como se um filme passasse em sua mente:

— Mas que maravilha! Além de não precisar estudar outro idioma, já que entendo tudo o que as pessoas falam e as palavras dos meus pensamentos estão surgindo nesse novo idioma, começo a perceber o motivo desse tumulto: o rapaz chamado Ricardo, que está sendo preso pelos policiais, é funcionário da grande empresa proprietária desse lindo prédio. Ele faz parte de uma equipe que está desenvolvendo um projeto secreto de um produto revolucionário. Esse rapaz foi abordado por marginais encomendados por um grande empresário que é rival do dono dessa empresa, para que vendesse informações sobre o projeto. No início, ele concordou com uma troca por uma grande quantia, mas depois desistiu... Porém, era tarde demais para cair fora do crime. Sua irmã foi sequestrada pelos marginais que o chantagearam, dizendo que só iriam soltá-la quando ele entregasse todo o material sobre o novo projeto. Em vez de ele procurar as autoridades competentes e pedir ajuda, resolveu continuar com o delito. O responsável pelo projeto estava desconfiado do comportamento de Ricardo e conseguiu pegá-lo em flagrante.

Os carros da polícia saem em disparada levando Ricardo algemado.

Bem, o que esse rapaz fez foi errado, então deve pagar por isso, pensa Krápiter de forma lógica e fria. *Só não entendo o que estou fazendo aqui...*

Mal termina o pensamento, dois homens passam por ele e atraem sua atenção.

Opa, acho que já sei o que tenho que fazer...

Krápiter segue os dois suspeitos até uma pequena casa que não fica muito longe da praça. Os dois entram rapidamente pelo corredor lateral, chegando até um cômodo praticamente escondido atrás da casa. Krápiter se posiciona do lado de fora da porta, mas em sua mente pode ver tudo o que acontece dentro da pequena sala, inclusive o diálogo entre os dois homens:

— O plano do chefe não deu certo, e o infeliz foi preso — diz um dos comparsas de forma nervosa.

— Calma, ele não poderá falar nada pra polícia, afinal sempre usamos máscaras, e ele não sabe quem somos — acalma o outro.

— É verdade, você tem razão. E o que faremos com a irmã dele? Ela está amarrada aqui do lado, naquele cubículo.

— Ela também não viu os nossos rostos. Mas não poderemos deixá-la viver. O irmão dela, aquele engenheiro incompetente chamado Ricardo, precisa aprender que ninguém falha nas operações que o nosso líder determina!

— Mas, *brother*, não podemos desperdiçar uma coisinha tão linda como ela. Podemos nos divertir bastante antes de matá-la. O que acha? — pergunta de forma maliciosa e com o olhar bem maldoso.

— Boa ideia, parça! Vamos colocar as máscaras e fazer uma festinha com ela.

Enquanto os dois malfeitores conversam, a pobre moça, Maria, ouve tudo e chora compulsivamente, porém está amordaçada, sem condições de gritar.

Quando os dois abrem a porta do cubículo, retirando a moça, Krápiter aparece dentro da sala, levanta os dois pelo pescoço e então fala com voz atemorizadora:

— Seus miseráveis! Além de assassinos, são estupradores! Tenho nojo de vocês dois, seus seres imundos!

Os dois não têm força para reagir e são atirados violentamente ao chão. A moça, tremendo, se encolhe no canto da sala, assistindo a tudo o que ocorre em sua volta. Krápiter, com o seu olhar implacável, ordena aos dois malfeitores:

— Vocês gostam de se divertir com o sofrimento das outras pessoas? Então sintam agora toda a dor que causaram às vítimas de suas torturas e estupros!

E, no mesmo instante, os dois começam a sentir as dores morais e físicas insuportáveis que causaram a várias pessoas, gritando e uivando de sofrimento.

Enquanto isso, Krápiter se aproxima da moça, a ajuda a se levantar e a coloca sentada em uma cadeira. Ele se vira para os dois, que continuam deitados e se contorcendo de dor, e diz a eles:

— As dores estão insuportáveis? Querem acabar com elas? É bem fácil...

Os dois bandidos quase que imediatamente resolvem acabar com aquele sofrimento e um agarra o pescoço do outro, cada um sufocando seu comparsa, até que os dois morrem. Imediatamente suas almas vão para o destino merecido, resultado de uma vida de crimes e maldades que eles escolheram.

A moça, aterrorizada, parece não acreditar no que está vendo. Krápiter se aproxima dela, coloca a mão direita em cima de sua cabeça e começa a falar de forma tranquilizante:

— Agora, desligue-se de tudo o que viu, concentre-se somente na minha voz... Você guardará na sua mente a imagem de um homem baixo, forte, loiro, de cabelo curto, que entrou na sala e, depois de uma briga com os malfeitores, libertou-a e escapou com você. E ele disse a você o nome dele: Krápiter! Compreende, Maria?

A moça balança a cabeça de forma afirmativa, registrando em sua memória a figura de Krápiter bem diferente da sua verdadeira forma.

E, da mesma maneira que Krápiter apareceu na sala, ele some sem deixar vestígios. A moça, como se tivesse acordado de um transe, sai gritando pelo corredor da pequena casa, até que é socorrida por algumas pessoas que andavam na calçada em frente ao local.

Assim como ocorreu após a sua primeira missão, Krápiter sente um imenso cansaço e desmaia, perdendo a noção de tempo e espaço...

3. NEM TUDO ESTÁ PERDIDO

Krápiter desperta e percebe que continua em outro país, onde ele salvou Maria, e que está sentado em um confortável e luxuoso sofá, numa espécie de antessala de um escritório enorme, dentro de uma casa. Ele começa a ouvir uma discussão na sala principal ao lado:

— Não adianta você querer me fazer mudar de ideia! Aquele presidente imbecil tem que ser eliminado do planeta! Custe o que custar!

— Mas, presidente, pense bem, uma guerra entre os dois países certamente levará a um conflito nuclear mundial!

— Isso não vai acontecer! Iremos lançar os nossos mísseis e destruir aquele país, com aquele presidente que se acha o mais poderoso do universo!

— Presidente, pense bem. Milhões de criaturas inocentes irão morrer...

— Inocentes? Como inocentes? Eles apoiam esse ditador miserável! E saia já daqui antes que eu mande fuzilá-lo!

Não quero mais perder tempo com sua conversa de perdedor! Aquele safado vai ver com quem ele foi arrumar briga...

O assessor sai rapidamente da sala e nem percebe que alguém está sentado no sofá. Imediatamente Krápiter se levanta e entra no escritório, deparando-se com o famoso presidente de uma grande e poderosa nação.

O presidente, vendo um estranho em sua sala, começa a gritar:

— Saia já da minha sala! Quem você pensa que é? Eu odeio rock e não tenho nenhuma entrevista marcada com um cantorzinho...

— Eu sou apenas uma criatura que foi feita para colocar e sujar as mãos na lama, para que inocentes não tenham que fazer isso nem tenham que sofrer... — responde Krápiter calmamente.

— O quê? Um maluco metido a vigilante? Vou ligar já para a segurança...

No mesmo instante, Krápiter salta em frente ao presidente, segura fortemente suas mãos, fazendo o telefone cair, e fala energicamente:

— Escute aqui, seu valentão! Você não passa de um meninão mimado mesmo!

Enquanto Krápiter está falando, a compreensão dos fatos se torna imediata, como se os fatos tivessem sido implantados em seu cérebro.

— Quer dizer que o meninão está querendo brigar com o outro cretino mimado, para ver quem é o mais poderoso? Querem fazer isso mesmo sabendo que milhões de pessoas irão morrer e outras irão sofrer com uma guerra insana? Eu poderia aniquilá-lo agora mesmo, mas vou fazer algo melhor e mais prazeroso. Pelo menos para mim será mais prazeroso...

E Krápiter, apontando suas mãos em direção ao presidente, insere em sua mente toda a visão dos acontecimentos terríveis que iriam se desenrolar, em razão da guerra ocasionada por ele.

Imediatamente, o presidente começa a sofrer intensamente, joga-se no chão, tenta cobrir os olhos para não ver as fortes cenas de destruição, cidades dizimadas, milhões de pessoas passando por dores inimagináveis, porém não consegue interromper o seu sofrimento. À medida que os minutos correm, ele se contorce cada vez mais, até que, num momento, ele começa a pedir perdão por tudo o que fez:

— Por favor, Deus, ou quem quer que mande no universo, por favor, me dê uma nova chance! Eu não imaginava o que eu iria causar! Somente agora tenho consciência... Me perdoe, por favor... Me dê uma nova chance!

E, chorando muito, repete várias vezes o pedido de perdão. Krápiter percebe que o presidente está sendo honesto e pela primeira vez presencia um pedido sincero de perdão, com arrependimento total dos atos errados que o presidente pensa já ter feito.

Krápiter retira toda a sensação e visão das catástrofes que iriam ocorrer e imediatamente o presidente volta a ter lucidez. Krápiter, agora com voz firme, porém serena, diz ao presidente:

— Muito bem, meu caro! Você me surpreendeu agora! Mostrou que tem fé em algo maior do que você, numa força criadora do universo. Não me importa qual seja a sua religião, porém respeito e admiro a fé de quem a possui e é capaz de vencer a si mesmo, para fazer algo de bom para os outros!

E, como se nada tivesse ocorrido, o presidente se recompõe em sua luxuosa cadeira, respirando mais calmo, e continua prestando atenção em tudo o que Krápiter lhe diz:

— Agora você escolheu o caminho correto, apesar de esse caminho o obrigar a recuar e mostrar que você estava errado. Você irá se encontrar com o seu ex-inimigo no país dele, vai refazer os laços de união entre países e povos, e ambos poderão iniciar uma nova jornada não somente para os seus países, mas para outros países que quiserem viver em paz e harmonia. Você não se sentirá derrotado, pelo contrário, se sentirá um vencedor, porque não existe maior vencedor do que aquele que vence a si mesmo. Eu o parabenizo e me curvo diante da sua mudança para melhor. Porém, saiba que, sempre que fizer uma escolha, uma angústia o acompanhará por não ter escolhido outro caminho. Essa sensação acompanha todo ser humano, até a sua evolução total. Como reconhecimento do seu esforço, deixarei um prêmio para você!

E Krápiter, com um sorriso irônico, percebe que o presidente ainda tem um resto de preconceito em sua mente e encontra uma forma de ajudá-lo a combater esse sentimento ilógico:

— Presidente, você irá se lembrar de tudo o que se passou aqui, porém a minha imagem será diferente, não será a desse rapaz lindo e charmoso... Você se recordará de uma senhora afrodescendente, desprovida dos padrões de beleza que você considera numa mulher. Essa imagem irá lhe alarmar toda vez que você sentir qualquer preconceito com quem quer que seja. Você sempre se lembrará da figura que lhe abriu os olhos... Quando eu sair daqui, você irá se recordar exatamente do que acabei de lhe falar.

E Krápiter sai pela porta, deixando o presidente sozinho e pensativo em sua cadeira...

Krápiter sente um profundo cansaço e, ao recobrar sua consciência, nota que retornou ao país onde tudo começou. Ele repara que, do outro lado da rua, três jovens estão tentando entrar numa casa simples. Enquanto os rapazes tentam arrombar o portão de entrada, uma senhora se aproxima e os três percebem que ela é a dona da casa. Imediatamente, para que ninguém visse o assalto, eles abrem o portão e empurram a pobre senhora, que cai desmaiada no jardim da casa. Ao fecharem o portão e se virarem, eles se deparam com Krápiter, com o seu olhar aterrorizante, pronto para pegá-los. Eles saem em disparada pelo portão da frente. Quando Krápiter se aproxima da senhora para ajudá-la, percebe que sua aparência e roupa estão diferentes, como se fosse um jovem simples. A senhora acorda e ambos entram na casa. Ela, ainda muito assustada, não sabe como agradecer ao jovem que a ajudou.

— Meu rapaz, muito obrigada por me ajudar. Mas como você conseguiu enfrentar aqueles três assaltantes sozinho? Por favor, diga o seu nome, que eu quero guardar para sempre como se fosse um ente querido!

— Dona Joana, eu me chamo Markus.

— Como você sabe que eu me chamo Joana? — pergunta a idosa assustada.

— Um dos três falou o seu nome quando a senhora caiu e desmaiou — disfarça Markus.

Ela, mais aliviada, se lembra de que aquele rapaz a ajudou e sente uma confiança inexplicável naquele novo conhecido.

— Bem, Markus, deixe isso para lá. O importante é que finalmente recebi ajuda de alguém. Afinal, quem vai querer ajudar uma professora aposentada, que cuida de alguns gatinhos abandonados e sem lar?

Como já aconteceu anteriormente, Markus imediatamente tem consciência da vida sofrida da senhora e da sua solidão e amor aos animais abandonados. Ele sente uma profunda afinidade por ela e lhe diz de forma sincera:

— A senhora não precisa me agradecer. Fiz o que eu achei que tinha que fazer.

— Como não tenho que lhe agradecer, meu bom rapaz? Você arriscou sua vida por uma simples senhora desconhecida.

— Foi uma honra ter ajudado um ser humano com tantos valores nobres como a senhora tem. Eu me curvo perante uma pessoa que teve uma vida digna e de desprendimento, assim como a senhora, ajudando tantas pessoas não só com o seu trabalho, tempo e amor, mas também com dinheiro tirado do seu pequeno salário. Minha vida não vale nem um minuto da sua vida, dona Joana.

A voz de Markus soa sincera e emocionada e de seus olhos saem duas lágrimas de gratidão que molham seu rosto.

— Meu filho, eu não sei como explicar, mas eu sinto tanta proteção ao seu lado!

E ela, emocionada, também começa a chorar, relembrando todas as lutas que enfrentara sozinha, já que, por causa da sua profissão e dedicação, não casou nem teve filhos. E não percebe que Krápiter, que para ela é Markus, sabia de toda a sua vida...

— Meu filho, você mora aqui perto de casa?

— Não, dona Joana, pra falar a verdade, estou sem moradia — responde Markus de forma sincera.

— Então já está resolvido. Eu preciso de alguém para me ajudar a tomar conta da casa e de meus queridos bichanos.

E, apontando para a escada, mostra quatro gatos que olham toda a cena desconfiados.

— De jeito nenhum, dona Joana! A senhora me conheceu hoje e é muito perigoso oferecer a sua residência para qualquer um. E se eu fizer parte da quadrilha e tudo foi planejado pra ganhar a sua confiança? Por favor, nunca faça isso, não se pode confiar em ninguém sem conhecer primeiro! — Markus diz com firmeza.

— Meu rapaz, eu sou muito vivida, já estou quase no final da minha jornada aqui no planeta. Você não pense que sou tão tola. Aprendi a conhecer as boas pessoas somente pelo olhar. Sabia que os olhos são a janela da alma? E o seu olhar não me engana, você é um homem bom e justo. Sei que posso confiar em você.

Markus sente a maravilhosa sensação de ser respeitado e amado por uma pessoa sem nenhum interesse nele. E, de repente, os quatro gatos descem e começam a passar em volta de suas pernas ronronando, indicando que aprovam a presença do novo conhecido na casa deles.

Markus começa a acariciá-los e um deles sobe em seu colo e deita confortavelmente, como se fossem antigos amigos.

— Viu como até os meus gatos gostaram de você? Eu nunca vi isso acontecer com ninguém. Eles são ariscos e jamais sobem no colo de uma pessoa desconhecida. Essa demonstração de carinho que eles estão fazendo para você só confirma a minha intuição. Como não tenho muito tempo de vida, tenho rezado e pedido muito para que me enviassem uma pessoa em que eu pudesse confiar, uma pessoa que eu pudesse adotar como um querido filho ou filha que infelizmente não pude gerar...

E, chorando de emoção, ela continua:

— Queria deixar a minha casa e minha pequena aposentadoria como herança para quem eu confiasse e que gostasse dos meus queridos filhos de quatro patas.

— Mas, dona Joana, eu perdi tudo, meus documentos, minha família...

— Pare já com isso. Não se preocupe. Nesses anos todos trabalhando como professora e como voluntária em algumas instituições beneficentes, ensinei muitas pessoas simples que conseguiram prosperar na vida e, como gratidão, algumas delas prometeram me ajudar em qualquer coisa que eu precisasse. Esta será a primeira vez que pedirei ajuda a elas e, com certeza, nos auxiliarão com toda a burocracia para refazer os seus documentos...

Os dois, emocionados, se abraçam e choram comovidos, como uma mulher que nunca teve um filho em seus braços e como um rapaz que nunca teve o carinho de uma mãe.

Dona Joana recebia donativos de roupas, calçados e brinquedos usados e encaminhava para algumas instituições carentes. Como tinha algumas roupas limpas, ela presenteou Markus, que aceitou humildemente toda a ajuda.

Markus demorou para dormir, pensando em tudo o que lhe ocorrera tão rapidamente.

Na manhã seguinte, ele despertou antes de dona Joana e visualizou um desejo que ela tinha: alguém querido que lhe preparasse de surpresa um bom café da manhã.

Imediatamente ele desce para a cozinha e verifica que precisa comprar alguns itens para completar a mesa de café. Ao colocar a mão no bolso, percebe que a pessoa que doou a roupa também deixou um donativo em dinheiro, que era suficiente para comprar os itens faltantes, então ele vai comprá-los na padaria.

Na volta para casa, esperando para atravessar a rua, ele nota um carro desgovernado em função de o motorista estar usando o celular enquanto dirige. O carro vai em direção à calçada, quase em frente à casa de dona Joana. Markus percebe uma moça próxima a um dos gatos de dona Joana, o Sam, que adora ficar de manhã na rua recebendo carinho dos vizinhos.

Como se percebesse o carro desgovernado indo na direção da moça, o gato dá um salto para a frente, então a moça, assustada, recua. Nesse instante, o carro atropela o gato, que é arremessado na calçada, e o motorista foge covardemente sem prestar nenhum socorro.

Markus atravessa a rua e pega nos braços o corpo imóvel do seu novo amigo. A moça, soluçando, lhe diz:

— Ai, moço, coitadinho do Sam! Ele me salvou do atropelamento, porém isso custou sua vida...

E, chorando muito, ela não consegue dizer mais nada.

Markus entra rapidamente na casa, fecha o portão, coloca o corpo do gato na grama e se ajoelha em frente ao animal que acabara de dar sua vida para salvar a vida da moça.

Ele começa a ver o que ocasionou a morte do gato: a forte pancada na cabeça foi a causa; não havia nenhum corte, mas a batida tinha sido muito forte...

— Pobre criatura! Em um momento de racionalidade, preferiu morrer para salvar a vida de uma pessoa amiga. Que gesto nobre desse gato.

Markus visualiza toda a trajetória do gato, quando ele pertencia ao reino hominal em outro sistema solar, onde foi um terrível criminoso de guerra, sendo expurgado de lá e tendo que reiniciar a sua evolução somente em planetas de dores e sofrimento. Markus acompanha a sua nova trajetória, desde um simples átomo, passando pelo reino vegetal, animal, até chegar na sua última forma de gato. Tudo isso passou em sua mente quase que instantaneamente. Emocionado, ele começa a rezar:

— Criador do Universo, eu não sigo nenhuma religião, nem sei quem eu sou, mas sei que existe uma força inteligente, suprema, que criou os vários universos. Eu imploro, se permitido for, que as células desse nobre amigo sejam restabelecidas, que as fraturas do crânio possam ser curadas e que seu espírito possa novamente se ligar neste corpo material...

Enquanto Markus reza à sua maneira, instintivamente, ele coloca as suas mãos sobre o corpo morto e as células começam a se recuperar. O coração volta a funcionar, o cérebro é refeito e o espírito é religado ao corpo...

Se alguém de fora visse toda essa regeneração, diria que é um milagre, mas Markus é apenas um instrumento para que leis naturais sejam utilizadas, leis que ainda não são de conhecimento da humanidade, mas que o Mestre dos Mestres conhecia e as utilizava quando necessário...

Da janela, dona Joana assiste a tudo emocionada e fala consigo mesma:

— Eu sabia que eu não estava errada. Um jovem que se arrisca para ajudar uma desconhecida e depois faz um milagre, ressuscitando o meu querido Sam, só pode ser do bem. Agora estou totalmente convicta em ajudar na confecção dos documentos dele. E tenho certeza de que a minha querida irmã já falecida não se importará em lhe emprestar o seu nome como mãe solteira de Markus. Finalmente terei um sobrinho de verdade...

4. VELOZES E FURIOSOS

No dia seguinte, dona Joana se prepara para levar os donativos a uma instituição perto de sua casa e Markus se oferece para ir junto. Ela, porém, mais preocupada com seus gatos do que com ela mesma, rejeita a ajuda, uma vez que os pacotes eram pequenos dessa vez.

Enquanto dona Joana se retira da casa, Markus vai para o seu novo quarto, sente uma grande sonolência e simplesmente desmaia na cama. Ele recobra a consciência e verifica que está em sua forma de Krápiter num depósito com vários carros roubados. Entre os carros, existem alguns jovens assaltantes apontando um revólver na cabeça de um outro jovem, ameaçando-o de morte caso ele não aceite fazer parte da quadrilha. O rapaz reluta em aceitar, visto que sabia que a vida é curta para quem vive fora da lei. Krápiter aparece em frente aos bandidos e imediatamente as armas, os celulares e as câmeras de segurança são arremessados para longe, sendo destruídos pela queda. Assustados, os jovens tentam agredi-lo, porém Krápiter os imobiliza com o seu pensamento e lhes dirige a voz de forma autoritária:

— Vocês são jovens arrogantes mesmo! Não querem ouvir conselhos de seus familiares mais velhos por puro orgulho! Acreditam que eles os aconselham porque se acham melhores do que vocês! Quanta ignorância! São apenas mais velhos, seus imbecis! Eles são mais vividos, já viram muitas vezes filmes parecidos com essa realidade da qual vocês querem fazer parte! E o final é sempre trágico para os atores! Nesse caso, será trágico para vocês, se é que não me entenderam!

E Krápiter continua falando de forma firme:

— Vocês querem provar aos seus chefes que conseguem ser promovidos a traficantes de drogas e armas, passando nas provas de assaltos a carros. Idiotas! Vocês não conseguem enxergar que eles colocam vocês na frente da batalha, para que eles estejam longe quando algo der errado?! E vocês é que sofrerão as consequências. Tudo isso porque querem poder, dinheiro, fama, tudo de forma rápida e simples! Mas a vida não funciona assim.

Enquanto Krápiter tenta mostrar aos jovens como eles estão sendo enganados, ele capta pensamentos e atitudes que esses jovens têm contra homossexuais e aproveita a situação para passar mais esclarecimentos.

— Além de tudo, ainda são preconceituosos quanto à opção sexual dos outros! Vocês deveriam se preocupar com a vida de cada um de vocês! Vocês julgam as pessoas pela opção sexual, o que é um erro, uma imbecilidade! Opção sexual jamais define o caráter de quem quer que seja, mas sim o seu comportamento, seus excessos, suas atitudes, suas aberrações. Por exemplo, o comportamento de vocês é totalmente contrário aos ensinamentos de várias religiões, que se resumem na lei: não faça para o outro o que não gostaria que fosse feito para você! A sorte de vocês é que eu aprendi com o Mestre dos Mestres que não devo fazer justiça com as minhas próprias mãos! Eu não os julgarei, vocês serão os próprios juízes um do outro! Sintam todo o mal e toda a dor que cada um fez para as pessoas e, caso não se matem, terão a chance de sair dessa vida de crimes. Mas, se ficarem com medo das consequências de abandonar a quadrilha, podem resolver facilmente entre vocês, afinal todos aí estão acostumados a usarem as mãos... Aqueles que sobreviverem irão se lembrar de uma pessoa que se apresenta meio homem, meio mulher, de nome Robin, que os atacou e foi a causadora da morte de alguns...

Enquanto os jovens bandidos sofrem as mesmas dores que causaram, lutando uns contra os outros, Krápiter entra na sala ao lado e encontra um casal de detetives, pendurados em correntes, sangrando muito em função das torturas que sofreram. Ele solta as correntes dos dois detetives desmaiados e percebe que a vida deles está por um fio, então estende suas mãos e delas saem fluidos que passam a atuar no corpo físico de Lucy e Jorge, renovando as células sanguíneas e recompondo os ossos quebrados... Os corpos dos dois detetives começam a se recuperar e Krápiter retorna à forma de Markus em função da energia despendida. Os gritos de dor e sofrimento da gangue cessam no galpão ao lado, e Markus ajuda os dois detetives a se levantar, levando-os para fora da sala apoiados em seus ombros. Percebendo que alguns bandidos já estão mortos, eles encontram seus celulares, ainda intactos, e solicitam a equipe de resgate. Enquanto aguardam a equipe chegar, eles conversam com Markus e agradecem pela ajuda, tentando entender como ele apareceu ali para ajudá-los e, sem que ele perceba, Lucy aproveita o momento para obter as digitais de Markus para posterior pesquisa.

Markus explica que mora ali perto e informa o endereço da casa de sua tia, diminuindo, assim, as suspeitas dos dois detetives. A ambulância chega para levá-los ao hospital, e Markus é informado de que será procurado mais tarde para completar o seu depoimento no caso. Ele retorna para sua casa pensando em tudo que acabara de presenciar. Já em casa, sentado no sofá, ele começa a assistir ao noticiário, que mostra um caso bem parecido com o dos políticos em que ele atuou, porém em um país bem distante.

— Como pode ter acontecido, se eu não me lembro de nada disso nesse famoso país? Será que durante os desmaios ou apagões eu tenho outras missões e não me recordo? Ou será que...

Enquanto se questiona, Markus se lembra de que em breve dona Joana estará de volta e não tem nenhuma comida pronta. Então ele se dirige à cozinha, abre a geladeira, os armários, procura alguns ingredientes e, de forma quase automática, prepara uma deliciosa refeição para os dois, como se ele fosse um ótimo *chef* de cozinha. Ao preparar a mesa e colocar a comida nas travessas, ele percebe que sabe cozinhar muito bem, mas não se recorda de ter feito isso alguma vez em sua vida...

Do outro lado da cidade, o chefe das drogas conversa com o seu comandante por telefone, assustado com os casos que estão acontecendo contra malfeitores em diversos países e com o relato de algumas testemunhas sobre heróis diferentes...

Passados alguns dias, com uma recuperação muito rápida, os dois detetives voltam ao trabalho, deixando os médicos sem uma explicação lógica sobre o ocorrido.

Lucy, sempre desconfiada, procura nos arquivos da polícia as digitais que coletou de Markus. Para sua surpresa, não encontra nenhum registro de Markus, então tem uma ideia:

— Jorge, nesta semana vamos fazer uma visita ao jovem que nos socorreu, o Markus, afinal temos que completar o depoimento dele e eu tenho uma intuição de que existe algo de errado, muito errado com ele...

— Pronto, lá vem a menina cética, que não acredita em nada além do que os seus olhos enxergam.

— Jorge, antes de explicar o motivo da minha suspeita, vamos conversar com ele e com a tal tia dele e ver se é tudo verdade.

No dia da visita, os dois detetives são recebidos de forma carinhosa por dona Joana, que os convida para se sentar no sofá enquanto ela chama o seu sobrinho.

Enquanto conversam formalmente, Markus se prontifica a fazer um café para os visitantes e dona Joana comenta:

— O meu sobrinho Markus é um rapaz especial! Além de ter um coração de ouro, sabe cozinhar muito bem e me ajuda nas tarefas da casa como ninguém.

Após tomarem o café acompanhado de um bolo, Markus entende o motivo da visita dos dois agentes e, para quebrar o gelo, começa a falar:

— Bem, eu sei que vocês estão desconfiados da minha aparição no local do crime, e tenho o maior interesse em esclarecer tudo.

Os dois policiais se surpreendem com a honestidade do jovem e aguardam as suas explicações.

— Eu não tenho curso superior e estou procurando algum tipo de serviço. Não posso sobrecarregar minha querida tia com mais despesas. Estava caminhando perto do armazém, quando ouvi gritos que logo se calaram. Entrei com cuidado e, quando vi uns corpos espalhados no chão, fui procurar algum sobrevivente. Foi quando encontrei vocês dois desmaiados e acorrentados.

— E você viu alguém fugindo ou atirando neles? — pergunta Jorge bastante interessado em obter mais informações.

— Não, não havia mais ninguém. Porém eu sou um grande fã de livros sobre detetives e vocês devem conhecer os mais famosos da literatura mundial. Aprendi com eles que no local do crime sempre fica alguma pista que passou desapercebida.

— Desculpe a minha sinceridade, mas o nosso pessoal especializado em analisar os locais em busca de pistas não encontrou nada — responde Lucy quase de maneira agressiva.

— Lucy, me perdoe, eu não quis ofender ninguém. Nem sei se vocês tinham ou não obtido alguma pista — responde Markus serenamente.

— Markus, deixe a Lucy pra lá, ela é muito capaz, porém o que ela tem de competência tem de chatice! — diz Jorge, procurando melhorar o clima da conversa.

— Meu sobrinho aprendeu comigo sobre esses livros de detetives. Como vocês podem ver aqui nesta estante, eu tenho as coleções completas dos detetives mais famosos.

— Bem, já que você é um *expert* no assunto, se importaria de ir conosco agora no armazém em busca de alguma pista? — desafia Lucy.

— Claro, podemos ir agora. Quem sabe vocês possam me contratar como consultor *freelancer* — brinca Markus.

Ao chegarem ao armazém, eles notam que o pessoal da polícia está limpando todo o ambiente, após terem fotografado e recolhido tudo o que havia no local.

— Pronto, acabaram com a sua esperança, Markus, não tem o que você procurar agora — comenta Lucy, segurando um sorriso irônico.

O que Lucy não sabia era que Markus, ao entrar na sala para salvá-los, viu dois bandidos escaparem por uma saída secreta numa parede.

— Bem, estou vendo que vocês têm aquele aparelho com luminol*, que detecta manchas de sangue mesmo após a limpeza do local. Acho que isso poderá nos ajudar...

Com o auxílio do aparelho e sabendo onde era a saída secreta, Markus se aproxima de uma parede e encontra alguns pingos de sangue.

— Vejam! As marcas de sangue acabam na parede. Deve ter uma passagem por aqui...

---

* Luminol é uma substância química que, ao entrar em contato com o sangue, resulta em uma luz que brilha o suficiente para ser vista em um ambiente escuro.

Os três começam a procurar e, quando Lucy encosta em um botão escondido na parede, e uma porta se abre, mostrando uma escada. Ao descerem, descobrem que ali havia uma saída para o terreno ao lado.

— E agora, dona Lucy? — graceja Jorge. — O Markus provou que realmente é um *expert* pra você? — Os três riem com a provocação...

Markus retorna para a casa de dona Joana e comenta com ela como foi positiva a investigação com Lucy e Jorge.

Mais tarde, no Departamento de Investigação, após os dois detetives contarem tudo o que havia acontecido com o Markus, seu chefe, Carlos, os surpreende:

— Bem, pelo visto, esse rapaz é capacitado mesmo. Como temos uma verba no departamento para contratarmos consultoria externa, o que acham de contratá-lo quando acharem necessário?

5. JURAMENTO DE HIPÓCRATES* OU HIPÓCRITAS?

Markus desperta bem cedo, com medo de estar em algum lugar desconhecido. Ele nota que está em sua cama na casa de dona Joana.

Que coisa maluca, pensa Markus. *Como tudo está acontecendo rapidamente. Será que estou fazendo a coisa certa? Devo aceitar a ajuda de dona Joana para obter meus novos documentos? Como não contar a verdade para ela? Aliás, que verdade, se nem eu sei quem ou o que sou! Ela é uma senhora muito boa, jamais poderei decepcioná-la.*

Depois de uns minutos de angústia, Markus pensa: *Bem, Krápiter, o seu tempo de reflexão acabou, vamos levantar, preparar o café da manhã predileto de sua nova tia, pois ela merece.*

— Nossa, Markus, assim vou ficar mal-acostumada — diz dona Joana, vendo o seu café da manhã predileto pronto sobre a mesa. — Já que você gostou muito da investigação

* O Juramento de Hipócrates é tradicionalmente feito pelos médicos na formatura, em que juram praticar a medicina honestamente. Atribui-se o juramento ao médico grego Hipócrates, do século V antes de Cristo, considerado o pai da medicina ocidental.

com aquele casal simpático de detetives, sugiro que você pegue meus livros sobre detetives e estude um pouco mais.

— Bem, se a senhora não se importar, vou pegar alguns e levá-los pro quarto.

— Fique tranquilo, Markus, não irei atrapalhar sua concentração.

Markus se tranca no quarto e, ao começar a ler o primeiro livro, cai em sono profundo...

Ao despertar, ele se vê na forma de Krápiter, dentro de um banheiro. Ao sair, percebe que está em uma sala de espera dentro de um hospital. Ele se senta entre as pessoas e aguarda o que poderá acontecer com ele...

Imediatamente algumas cenas surgem em sua mente, como se pudesse enxergar através das paredes. Em uma sala, ele vê um casal de médicos discutindo; em uma sala trancada, um casal fazendo sexo; em outra, um médico se drogando...

— Por isso esse grande número de pessoas aguardando o atendimento. Que absurdo! Vou tomar algumas providências.

No momento em que Krápiter se levanta, passa por ele uma enfermeira-chefe que lhe chama a atenção.

Nossa, que coisa estranha, pensa Krápiter. *Uma luz linda envolve toda essa mulher, mas ela carrega na região do coração um tipo de nuvem escura...*

Instintivamente, ele vai atrás dela e entram juntos no elevador. Ao chegarem no último andar, o segurança impede Krápiter de sair do elevador, explicando que ali ficava o presidente do hospital. Krápiter se desculpa e diz que, distraído, não tinha apertado o botão do andar correto.

O elevador desce e, ao abrir a porta, não havia mais ninguém dentro...

Krápiter se encontra em um quarto que faz parte do escritório do presidente, que conversa nervosamente no celular:

— Se vocês não aumentarem o valor dos órgãos que eu consigo para vocês, vou procurar outros compradores — ameaça o presidente.

E continua a falar:

— Não interessa se eu tenho muitas dívidas de jogos, eu preciso de mais dinheiro, entendeu? Trate de aumentar o valor, senão o nosso trato está desfeito.

Krápiter consegue ver e ouvir tudo o que acontece na sala ao lado, e repara que a enfermeira-chefe já estava dentro da sala aguardando para conversar com o presidente.

— O que você está bisbilhotando, dona Glória? Agora está com mania de ouvir minhas conversas? — grita o presidente do hospital.

— Nada disso, dr. Francisco, o senhor me conhece há muitos anos. Como sua secretária não estava na recepção, entrei porque tenho um assunto urgente para falar com o senhor! É sobre o cancelamento do novo grupo de enfermeiros estagiários. O senhor sabe o quanto já ajudamos na formação de enfermeiros e enfermeiras preocupados com a valorização da vida humana...

Como quem deve sempre se sente culpado, o presidente acredita que dona Glória esteja mentindo. Perdendo o seu equilíbrio emocional, preocupado com a possibilidade de sua antiga amiga ter ouvido sobre a venda de órgãos, ele a segura com força e começa a sacudi-la, gritando:

— Confesse, vamos, o que você ouviu?

Dona Glória tenta se esquivar, mas é empurrada pelo presidente e cai, batendo a cabeça na quina da mesa.

O presidente do hospital, ao ver dona Glória caída, com muito sangue saindo de sua cabeça, se desespera com a possível morte de sua antiga companheira de trabalho e tenta sair do escritório, porém é interrompido por Krápiter, que aparece em sua frente.

— Aonde o senhor pensa que vai? Após matar covardemente sua antiga amiga que o ajudou na construção deste hospital, vai sair e dizer que ela caiu acidentalmente? Eu vi tudo e você vai pagar por isso! Mas espere um pouco... Não é só isso, não é mesmo? Ah, entendi tudo! Você estava falando com quem compra os órgãos que você e outro médico daqui retiram ilegalmente dos moribundos e vendem no mercado negro! Além de contrabandistas, vocês dois são assassinos! Mas que belo exemplo de profissionais da saúde encontrei hoje!

A voz de Krápiter fica cada vez mais aterrorizadora, deixando o presidente estático e apavorado.

— Eu achei que tinha vindo pra cá por causa dos médicos do pronto-socorro, mas me enganei. Vim atrás de um pequeno macaco e encontrei o King Kong! Você vai sentir agora toda a dor da separação dos moribundos que foram assassinados para a retirada dos órgãos, assim como a dor dos seus respectivos familiares!

Imediatamente o presidente cai de joelhos, tentando tapar seus ouvidos e olhos, para não ver, ouvir nem sentir toda a lamentação e dor que causou. Enquanto isso, Krápiter se aproxima de dona Glória, desmaiada e agonizante.

Com extremo carinho, ele levanta a cabeça da dedicada enfermeira e fala para ela:

— Dona Glória, que bela vida a senhora teve. Eu consigo ouvir até agora as orações de agradecimento das pessoas a quem a senhora ajudou e confortou.

Enquanto Krápiter fala com ela, o corte de sua cabeça se fecha e cicatriza. Com isso, o sangue para de sair.

— Dona Glória, gostaria muito de ajudá-la a voltar a esta vida, porém sinto que não é mais possível. Enquanto o seu espírito se desliga desse corpo que lhe foi um utilíssimo instrumento para o bem, a sua consciência registrará toda a alegria e bênçãos que a senhora proporcionou em sua vida exemplar.

E o espírito de dona Glória começa a sentir uma imensa sensação de felicidade, de dever cumprido, a sensação que ela imaginava que seria sentida somente pelos anjos no céu.

— A senhora habitará uma região sem sofrimento, onde sentirá sempre essa sensação maravilhosa de bem-estar e poderá auxiliar muito mais aqueles que necessitam de sua preciosa ajuda. E, por favor, se puder, me ajude na minha caminhada, porque às vezes eu penso que não conseguirei concluir a minha missão... E tenho mais um motivo para agradecê-la: a partir de agora, descobri que serei realmente um instrumento útil para que a expressão "a cada um seja dado conforme suas obras" se cumpra mais rapidamente no planeta.

Decorridos alguns minutos, o espírito de dona Glória se desliga e Krápiter coloca, respeitosamente, a cabeça do corpo inerte no chão.

Enquanto ele acompanha o desligamento de dona Glória de seu corpo, ele não ouve a janela se abrir nem vê o presidente se atirar buscando o suicídio.

A notícia do suicídio se espalha rapidamente tanto para a polícia como para o mercado clandestino. Jorge e Lucy são convocados para analisar o ocorrido no hospital. Durante as entrevistas iniciais com as pessoas e profissionais que estavam no local, os dois são informados de que nenhuma câmera de vigilância registrou qualquer evento. Lucy e Jorge acompanham os peritos que fotografam e registram tudo o que é possível no escritório do presidente, onde o corpo de dona Glória permanece estirado no chão.

Lucy verifica a grande poça de sangue em volta da cabeça da enfermeira, mas não encontra nenhum corte que possa justificá-lo. Ela aguarda um momento mais oportuno para conversar com Jorge, a única pessoa em quem ela realmente confia e que acredita que não está envolvido na divulgação de informações sigilosas do departamento sobre a investigação que está ocorrendo há mais de seis meses.

Feita a autópsia no corpo de dona Glória, Jorge e Lucy recebem o relatório e verificam que realmente não havia nenhum corte no corpo, embora o sangue encontrado no chão fosse dela. Os dois resolvem contratar Markus para investigar a morte com base em todas as fotos e informações recolhidas. Ele aceita o convite para ajudar seus dois novos amigos e se encontram em uma sala reservada no Departamento de Investigação. Após a análise minuciosa de todas as fotos e a leitura da autópsia de dona Glória, Markus comenta:

— Normalmente, por trás de um crime, se formos rastrear o dinheiro, temos grandes chances de solucioná-lo. Sabemos que dona Glória e o presidente nunca tiveram um envolvimento mais íntimo; ela tinha uma vida simples. Por outro lado, o presidente adorava viajar e, segundo as testemunhas, o jogo em cassinos era obrigatório em suas viagens. Eu tenho duas sugestões, sendo que a segunda é bem mais demorada e pode ser que os cassinos não nos deem as respostas que procuramos...

— Bem, Markus, estamos aqui para ouvir sugestões, não importa quão malucas possam ser à primeira vista — comenta Jorge de forma sincera.

— Então vamos lá: sabemos que, quando algum milionário precisa de um órgão com urgência, o mercado clandestino paga muito bem. Vamos imaginar o seguinte: dona Glória descobriu a venda de órgãos, porque ela era enfermeira-chefe e podia ter informações de todos os óbitos. Foi tirar satisfação com o presidente e, numa briga corporal, ela caiu e feriu a cabeça. O presidente se desesperou com a morte de sua antiga amiga e se suicidou...

— Muito linda a sua hipótese — interrompe Lucy. — Existe, de fato, marca de sangue na quina da mesa de mármore, mas na cabeça dela não há sequer um corte. Como isso pode ter acontecido?

— Lucy, você pode estar dispersando o foco — Jorge argumenta com lucidez. — Temos dois mistérios, o suicídio do presidente e a morte de dona Glória sem nenhum corte na cabeça. Vamos tentar ouvir o final da primeira hipótese do Markus e depois vamos nos ater ao segundo mistério.

— Então — continuou Markus —, podemos ver quais óbitos ocorreram sem doação de órgãos. Vamos fazer a exumação do primeiro que acharmos e, caso um dos órgãos não seja encontrado, vemos qual foi o médico que assinou o óbito, assim poderemos dar prosseguimento a essa teoria maluca, exumando os corpos que possuem óbitos com a mesma assinatura.

— Teoria maluca, não?! — comemora Jorge, que sempre tem a mente aberta para fenômenos inexplicáveis à primeira vista.

Lucy concorda com o plano e, após algumas exumações, os três descobrem o esquema de venda ilegal de órgãos, sempre envolvendo o mesmo médico. Mas faltava descobrir para quem os órgãos eram vendidos e revendidos.

Durante o tempo de investigação, os dois sócios no comando do crime organizado conversam no celular:

— Pois é, Chefe, parece que você perdeu seu fornecedor de miúdos humanos para venda no mercado — diz o Comandante de forma jocosa.

— Verdade, Comandante, inclusive aquele percentual que o senhor gosta de receber mensalmente em espécie vai parar — responde o chefe das drogas de forma provocativa.

— Se fosse só isso, eu não me importaria. Mas aquele outro caso ocorrido no mesmo dia, no país do meu melhor comprador, gerou um prejuízo enorme para todos nós. Pode ser que aquela verba que é separada para obter informações sigilosas do Departamento de Investigação de Casos Especiais tenha de ser interrompida, a menos que você dê um jeito naquele médico que retira os órgãos dos moribundos.

Se a polícia o descobrir, ele vai abrir o bico e não será bom para nós...

6. O DINHEIRO MANDA, MAS O AMOR NÃO OBEDECE

Passados alguns dias, Krápiter desperta dentro de um banheiro num grande escritório.
— Eu realmente preciso arrumar o meu GPS ou a minha bússola. Aparecer dentro de um banheiro de novo? Preciso entender o que está acontecendo — Krápiter sorri intimamente com a coincidência desagradável.

Ao sair, ele repara em uma secretária concentrada em seu trabalho, porém com uma espécie de sombra fluídica em volta do seu coração, mostrando que estava sofrendo muito.

— Com licença, Ruth — diz Krápiter de forma carinhosa para a secretária, que se assusta com a figura bonita e exótica daquele homem na sua frente. — Antes de você descer pelas escadas, porque o alarme de incêndio vai tocar daqui a pouco, preste atenção no que tenho a dizer. Você está sendo enganada pelo seu chefe. Ele não a ama e apenas a usa como um simples brinquedo sexual.

Enquanto Krápiter conversa com ela, Ruth fica imóvel na cadeira, como se estivesse hipnotizada por ele.

— Vou lhe dar um minuto, para que você veja tudo o que esse safado pensa e fala de você para os outros...

O minuto parecia uma eternidade para a moça. Ao perceber que o chefe apenas se aproveitara de sua beleza física e que ela era motivo de chacota por ser de origem simples – pois morava com parentes na cidade grande –, uma tristeza profunda e uma grande decepção tomam conta de sua mente, e lágrimas de dor começam a escorrer de seus olhos.

— Procure se controlar, Ruth. Você terá uma ótima oportunidade em breve com a pessoa que realmente a ama e é digna de conviver com você. Espero que você não perca esse reencontro. Agora, pegue as suas coisas e vá para as escadas.

Imediatamente Ruth se levanta e, conforme ela se dirige às escadas de emergência, Krápiter mentaliza e faz o botão de alarme de incêndio disparar. Enquanto as pessoas começam a descer as escadas, ele entra na sala da diretoria e, como sempre faz, tranca todas as portas e janelas mentalmente, destruindo os celulares e câmeras de segurança.

— Muito bem, seus crápulas! — grita Krápiter para os cinco empresários sentados. — Além de subornarem políticos, agentes e funcionários públicos, fraudarem licitações, ainda se aproveitam sexualmente de moças que são hipnotizadas com as suas falsas promessas!

— Você é aquele justiceiro que tem matado várias personalidades importantes do mundo inteiro? — pergunta nervosamente o presidente do grupo de empresas.

— Eu não sou nenhum justiceiro. Sou apenas uma criatura que foi feita para colocar e sujar as mãos na lama, para que inocentes não tenham que fazer isso nem tenham que sofrer injustamente. E estou aqui para que cada um receba aquilo que plantou. E vejo que nenhum de vocês é inocente. Portanto, preparem-se para receber o que merecem...

— Por favor, não nos mate! Temos esposas e filhos! — grita o diretor mais novo.

— Agora vocês estão preocupados com esposas e filhos? E as esposas e filhos de milhares de famílias que foram prejudicadas pelo desvio de dinheiro de obras inacabadas, de obras superfaturadas? Dinheiro que deveria ser usado na saúde, nas escolas, na melhoria dos salários de professores, de agentes de segurança, de médicos e enfermeiros, na manutenção e ampliação de escolas e hospitais. A ganância de vocês foi mais forte do que qualquer sentimento positivo que porventura vocês ainda tivessem.

— Não nos mate, por favor! Faremos qualquer coisa, mas, por favor, não nos mate! — todos imploram quase ao mesmo tempo.

— Como sempre acontece na vida, temos escolhas a fazer e sabemos que, feita uma escolha, abrimos mão de outras alternativas. Vocês estão escolhendo a vida, portanto sabem o preço que terão de pagar. Vocês irão denunciar todas as fraudes que fizeram, serão presos e terão de pagar por isso. Mas isso aliviará o sofrimento futuro de vocês. Vocês têm certeza dessa escolha? — pergunta Krápiter olhando firmemente nos olhos dos empresários assustados.

— Qualquer coisa é melhor do que a morte — responde o presidente do grupo.

— Pois bem, vocês irão se lembrar da nossa conversa, porém a imagem que será gravada em suas mentes será a de um homem loiro, baixo, de cabelo curto, que se chama Krápiter!

E Krápiter sai da sala, deixando os empresários ainda tremendo de medo.

No dia seguinte, os empresários se entregam às autoridades competentes, revelando todo o esquema fraudulento, gerando um grande prejuízo financeiro para todos os envolvidos nas operações ilegais.

Passados alguns dias, o Comandante e o Chefe conversam nervosamente por telefone sobre a prisão dos empresários que trabalhavam para eles.

— Comandante, acabo de ter uma grande ideia para acabarmos de vez com esse loirinho chamado Krápiter. Você vai novamente me parabenizar pelo preparo de jovens idealistas que não raciocinam e que estão prontos para morrer em nome de uma causa que eles acreditam que seja justa e boa...

À noite, na simples casa de seus parentes, depois de ajudar sua tia na limpeza da cozinha após o jantar, alguém toca a campainha e Ruth atende. Ao abrir a porta, a moça se depara com João, seu ex-namorado. Ela o convida para entrar e ele é recebido com muita alegria pela família de Ruth, que sempre apoiou o namoro dos dois.

Após a conversa inicial para quebrar o gelo, ele decide falar com a Ruth:

— Você sabe que, apesar de termos nos separado, não deixei de amá-la. E eu não consegui evitar essa minha última tentativa de reatar o nosso namoro — diz o rapaz com toda a sinceridade.

— João, depois de tudo o que fiz de errado, como pode querer voltar a me namorar? — pergunta Ruth angustiada.

— Minha querida Ruth, eu também fiz coisas das quais me envergonho. Acredito que devemos enterrar todo o nosso passado de erros e recomeçar a nossa vida. Recebi uma oportunidade de emprego para o próximo semestre em outro país, e até lá poderemos nos organizar para casarmos e nos mudarmos. O que você acha?

Nesse instante, Ruth se recorda das palavras de Krápiter prevendo o reencontro com a pessoa que realmente a amava.

— Bem, João, não sei como explicar, mas parece que todas as nossas ações erradas foram apagadas do meu coração e eu sinto o mesmo amor que sentia por você antes de nos separarmos. Com certeza quero constituir uma família com você, o amor da minha vida!

Nesse momento, em outro bairro da cidade, Markus interrompe a leitura do livro policial que está estudando e sente uma grande alegria em seu coração, como se estivesse recebendo um profundo e sincero agradecimento...

No dia seguinte, Lucy resolve contar para Jorge que ela não encontrou nenhum registro de Markus nos arquivos digitais. Ele, então, começa a rir, sem querer acreditar, achando que é brincadeira de sua fiel amiga.

— É sério, Jorge, venha comigo, eu tenho as digitais dele nos computadores. Venha conferir isso agora!

Jorge senta em frente ao computador e Lucy fica ao seu lado, só esperando a reação de espanto do amigo.

— Nossa, Lucy, não é possível! — exclama Jorge. —Não consegui encontrar nada sobre o Markus! Você tem razão! Ele é um alienígena! Veja aqui na tela!

Jorge vira o monitor e mostra para Lucy a tela com os dados de Markus.

— Lucy, em poucos segundos consegui achar vários registros dele. Você precisa fazer um curso de informática para poder usar um pouco melhor o computador — ironiza Jorge.

— Não é possível, Jorge, eu não encontrei nada!

— Será que você estava só pensando no traseiro dele em vez de verificar as digitais? — Jorge não consegue parar de rir. — Você pensa que eu não reparei que você acompanhou com os olhos bem interessados quando ele se levantou para fazer o café para nós? E você não estava olhando para as costas dele, era mais para baixo...

— Tudo bem, Jorge, você me venceu agora. Estou até com remorso de pensar mal do Markus em função de um erro meu. Vamos encerrar essa bobagem que eu inventei. Me desculpe.

— Claro, Lucy, estava brincando com você. Esse assunto está encerrado. O que você acha de uma reunião entre amigos amanhã à noite com o Markus? Acho importante conhecermos um pouco mais sobre ele, quais são os valores que ele acredita, suas crenças, enfim, sabermos um pouco mais da personalidade dele. Afinal, se ele vai trabalhar conosco, é fundamental que o conheçamos melhor.

— Ótima ideia, Jorge! Combinado!

No dia seguinte, Markus recebe um convite para se encontrarem à noite num pub famoso pelo ótimo cardápio e excelente atendimento.

Depois de se acomodarem em uma mesa isolada, Jorge começa a explicar o motivo do encontro:

— Você deve ter acompanhado a prisão dos empresários na semana passada, que resolveram se entregar à polícia. Como não houve nenhuma morte, ainda bem, não pudemos contratá-lo como consultor para nos ajudar nas investigações. A Lucy e eu achamos que era importante não perdemos o contato e resolvemos nos encontrar para conversarmos sobre diversos assuntos, para nos conhecermos melhor. Além disso, eu preciso ver se encontro outra pessoa que me ajude a abrir a cabeça dessa minha linda e querida amiga.

— Pronto, lá vem você com aquelas conversas sobre ETs, viagens no tempo, vários universos... — Lucy fala como se estivesse indignada, mas somente para alegrar a conversa.

— Bem, Lucy, se depender de mim, essa doutrinação não será feita. Se eu não consigo mudar nas coisas que eu sei que são meus pontos de melhoria, imagine querer mudar alguém. Sem chances! Como você pode ver por minhas roupas, não pertenço a nenhuma seita, não se preocupe — diz Markus, com um sorriso nos lábios. — É claro que tenho minhas crenças e podemos conversar, mas sem essa de confronto de ideias, como se fosse uma competição que exige um vencedor.

— Aprendeu agora, Jorge, como se deve comportar com pessoas que pensam diferente?

— Sim, Lucy, aprendi. Porém, se você fosse um ser racional, que pensasse, eu agiria desse modo desde o momento em que nos conhecemos na faculdade — graceja Jorge. — Agora, deixando as provocações fraternas de lado, Markus, você é ateu, como a Lucy, ou acredita em algo, como eu?

— Jorge, eu aprendi na vida que um efeito inteligente precisa ter uma causa inteligente por trás. Eu não creio num criador com a forma humana, desculpe a minha sinceridade. Porém eu creio que uma, uma... Poxa, não encontro a palavra correta... Bem, uma força inteligente e suprema criou tudo. E, quando eu falo tudo, é tudo mesmo, os inúmeros infinitos universos. Alguns chamam de dimensões, outros se utilizam da imagem de várias camadas que se entrelaçam. E, antes de apanhar da Lucy, é claro que o universo que estamos vivendo agora é infinito. Se o ser humano descobriu os números inteiros, e que essa numeração é infinita, tanto negativa, como positiva, fica claro que o infinito faz parte da natureza. Se o universo fosse finito, o que haveria um metro depois do fim do universo?

— Markus, não tenho palavras para lhe agradecer — comemora Jorge. — Jamais consegui explicar que o universo é infinito de uma maneira tão simples para a Lucy. Meus parabéns! Um brinde a esse encontro! — diz Jorge, saudando os dois amigos com um copo da bebida predileta dele. Além disso, ela não acredita que existe vida em outros planetas.

— Não acredito mesmo — afirma Lucy. — Me mostre uma prova de que existe vida além da Terra.

— Realmente ainda não temos provas definitivas de que exista vida em outros planetas — concorda Markus. — Porém, temos que aceitar também que não temos tecnologia adequada para fazer uma pesquisa mais aprofundada. Mas, se usarmos a lógica, calculando quantos bilhões de galáxias atualmente são conhecidas e cada galáxia com bilhões de planetas, fica muito difícil aceitar que somente tenha vida num planeta num sistema solar de quinta grandeza, numa das menores galáxias, que é a Via Láctea... Um outro fato que já foi comprovado várias vezes, porém a maioria da humanidade não sabe nem tem vontade de saber, é a vida após a morte!

— Pode parar! — esbraveja Lucy. — Só me faltava essa, provas da existência de vida após a morte. Acho que hoje vou ter que beber muito para aguentar tanta baboseira.

— Calma, Lucy — interrompe Markus. — Você é uma grande defensora da diversidade e está coberta de razão em defender isso. Porém, fica um pouco incoerente essa sua atitude quando alguém tem uma posição diferente da sua...

— Toma essa, Lucy — comemora novamente Jorge.

— Tirando de lado a gozação — pondera Markus —, sir William Crookes, um dos maiores cientistas do século XIX, estudou por três anos os fenômenos espiritualistas e os comprovou. Em 1959, Friedrich Jurgenson, artista e produtor de filmes, ao tentar gravar cantos de alguns pássaros perto de Estocolmo, na Suécia, por acaso captou vozes estranhas na fita de seu gravador. Brian Weiss, um famoso médico americano, provou, com a terapia de vidas passadas, que a reencarnação é real. No mundo inteiro existem registros de fenômenos que comprovam a vida após a morte. Uma pena que a maioria não procure estudar, porque isso ajudaria a melhorar cada um, sabendo que fazemos parte de um todo, com o objetivo de buscar a perfeição, conforme os ensinamentos da maioria dos grandes espíritos que passaram pelo planeta.

A conversa se prolonga até que os três percebem que já está tarde, se despedem e combinam um novo encontro para continuarem a proveitosa conversa.

Ao chegar em casa, Markus encontra dona Joana acordada, esperando-o.

— Tia Joana, ainda acordada?

— Claro, meu filho. Queria ver a sua cara no primeiro encontro noturno com a Lucy...

— Pare com isso, tia! O Jorge também estava no encontro e a nossa conversa foi muito interessante.

— Imagino o quanto foi interessante, especialmente depois da forma como ela o olhou quando você se levantou para fazer o café para nós. Conheço o olhar de uma mulher interessada em um belo traseiro masculino... — fala dona Joana sarcasticamente.

— O que é isso, tia? Fiquei sem graça agora com suas palavras.

— Ora, meu filho, você não pense que eu vivi achando que os bebês são entregues pelas cegonhas... Já aproveitei bem o meu tempo de jovem...

E, sorrindo, os dois se despedem e vão dormir.

Markus deita-se e fica intrigado sobre os conceitos que discutiu com Jorge e Lucy. Ele nunca tinha pensado no assunto, e a conversa foi fluindo como se aquilo tudo estivesse escondido em seu cérebro, aguardando o momento certo para surgir...

7. SE A CABEÇA NÃO PENSA, O CORPO PADECE

Markus continua lendo os livros policiais com muita curiosidade. À medida que se aprofunda, ele percebe que a maioria dos casos nos quais Krápiter atua acontece no país em que está vivendo agora. Parece-lhe que a concentração do mal do planeta está nesse país...

E do outro lado da cidade...

— Comandante, tenho um plano para finalmente darmos fim nesse vigilante loirinho que se chama Krápiter!

— Você precisa acabar com esse miserável. Os prejuízos que estamos tendo em vários países são incalculáveis!

— Comandante, vamos utilizar um dos jovens mais fanáticos que temos treinado, para que ele ataque a escola que se encontra longe do armazém onde receberemos a tão esperada carga de armas contrabandeadas. O herói não vai deixar de tentar salvar as crianças e, quando ele se aproximar do nosso jovem, *bummmm*, o rapaz explode as bombas que estão presas em seu corpo. Mas fique tranquilo, já estamos analisando a planta do prédio da escola para que a explosão só mate os dois. Nenhuma criança ficará ferida. Nesta semana resolveremos tudo.

— Muito bem, Chefe! Você está ficando cada dia melhor! O seu bônus por essa missão será triplicado!

Certa manhã, um jovem alucinado entra na escola portando uma arma, manda todas as salas de aula ficarem fechadas e pede para o diretor chamar a imprensa. Ele tem que falar algo importante para o povo, mas ninguém pode se aproximar, porque ele está com bombas em volta do seu corpo e explodirá o prédio inteiro.

Rapidamente os meios de comunicação vão para o local, assim como viaturas da polícia e dos bombeiros.

O rapaz foi treinado pela equipe do chefe das drogas para que aguardasse um rapaz loiro se aproximar, então ele o mataria com a arma que estava escondida em sua cintura. Esse rapaz loiro, segundo a equipe, tinha um filho na escola e era empresário, dono de um grupo financeiro que extorquia dinheiro da classe trabalhadora do país e que merecia morrer.

Enquanto o rapaz se posiciona no local definido pela equipe, Krápiter aparece na sua frente, imediatamente o imobiliza com a força de sua mente e começa a falar:

— Como você é burro, meu jovem! Pelo seu ideal infantil, você iria matar uma pessoa que você acha que faz mal aos pobres e nem ao menos foi procurar outra fonte de informação, para ver se era verdade? Você acredita em qualquer coisa, sem questionar? Acho que você é a pessoa mais burra que já vi neste planeta! Veja você mesmo em sua mente como este momento foi planejado e por que o escolheram...

O rapaz passa a ver e ouvir todo o plano maligno, então descobre que foi usado como isca e que seus ideais não são os mesmos daqueles que o treinaram. Pelo contrário, ninguém está preocupado em ajudar os mais pobres nem em mudar o regime político do país, estão apenas utilizando jovens inocentes e infantis, para que se suicidem em operações que tragam benefícios financeiros ao grupo do mal.

A dor da decepção foi tão grande que o rapaz atira em sua própria cabeça, acreditando que toda a sua dor se encerraria com a sua morte. Pobre ilusão. Seu espírito é desligado do corpo e é levado imediatamente para as trevas, para ser utilizado mais uma vez como escravo dos príncipes do mal...

Após o som do tiro, uma jovem sai pelo portão da frente da escola gritando e pedindo ajuda para que a polícia entrasse no prédio. Ela diz que presenciou a briga do rapaz com um jovem forte e loiro. Esse rapaz então se matou com um tiro, e o jovem loiro fugiu para o fundo da escola.

Quando ela se afasta da escola, se alguém tivesse reparado na sombra que o corpo dela projetava no chão, teria visto a imagem de Krápiter.

Um cordão de isolamento é feito em volta do prédio e apenas agentes de segurança podem entrar. Como ninguém mais saiu ferido, todas as crianças e professores são retirados do prédio e apenas a equipe de perícia fica em volta do corpo do rapaz, procurando por evidências.

Assim como aconteceu em outros casos, nenhuma câmera de segurança registrou os eventos.

Jorge e Lucy são chamados para investigar o crime e tentam encontrar a testemunha que falou sobre a briga e o suicídio, mas ninguém reparou aonde a moça foi.

No dia seguinte, de posse das fotos e do relatório da perícia, Jorge, Lucy e Markus conversam na sala especial e isolada sobre o que poderia ter ocorrido.

— Vários policiais ouviram a jovem sair do prédio gritando e falando da briga — confirma Lucy. — Porém, não foi achada nenhuma marca de luta no corpo do rapaz e foi encontrado resíduo de pólvora em sua mão, comprovando que ele apertou o gatilho.

— Alguém encontrou a testemunha para interrogá-la? — pergunta Markus.

— Não, Markus. Por sinal, foi feito um retrato falado dela com base nas descrições dos policiais e bombeiros que a viram, mas ninguém da escola a reconheceu. Procuramos por ela, mas ninguém viu aonde ela foi. O nosso grupo de pesquisa digital também não encontrou nenhum rosto que coincidisse com o desenho. Muito sinistro! — diz Lucy, desapontada com a situação inexplicável.

Enquanto os três conversam sobre o caso, o chefe do departamento entra na sala isolada.

— Vocês não vão acreditar, mas na mesma hora em que estava acontecendo a confusão na escola, do outro lado da cidade deve ter tido uma briga de gangues, porque foram encontrados mortos os bandidos que estavam descarregando um grande lote de armas contrabandeadas, que seriam usadas pelas gangues do país, ou quem sabe por uma nova organização criminosa nacional — esclarece o chefe Carlos com fisionomia de grande preocupação.

— Desculpe, sr. Carlos — interrompe Markus —, mas o que o senhor está falando é que houve outro caso igual ao do misterioso Krápiter? Como isso pode ser possível, se foi no mesmo horário?

— Pois é, Markus, também não consigo entender. Ainda mais porque descobrimos que ocorreram outros casos em paralelo em países diferentes, em outros dias, porém na mesma hora, descontando a diferença do fuso horário — explicou o chefe Carlos. - Em alguns casos, as testemunhas descrevem o vigilante como homem, em outros, como mulher, e em outros, como oriental. Até parece uma equipe treinada para resolver os crimes pelo planeta todo.

— Ou quem sabe sejam alienígenas querendo ajudar a humanidade — complementa Jorge.

— Pronto, lá vem o Jorge com suas crenças infantis de vida em outros planetas — responde Lucy. — Markus, você acredita que o Jorge afirma que existe vida em outros planetas e dimensões, e que ele leu que existem heróis por lá vestidos de morcego, aranha e que ajudam a polícia no combate ao crime?

— Só falta ele falar que existe herói que voa com capa e o uniforme é uma cueca por cima da calça — graceja Markus.

Mais alguns dias se passam e o Chefe informa ao Comandante o que conseguiu apurar:

— Comandante, o nosso informante nos disse que o pessoal de investigação de casos especiais concluiu que foi o nosso jovem imbecil que se matou e que não conseguiu ter nenhuma pista da testemunha do crime. O misterioso Krápiter estragou novamente o nosso plano. E eles não tiveram nenhuma informação de quem fez o ataque ao nosso grupo que estava entregando o lote de armas. A coisa está complicando e isso me deixa cada vez mais com ódio desse vigilante miserável! Quando encontrá-lo, eu mesmo tirarei a pele dele com as minhas próprias mãos!

8. FALSOS PROFETAS

Em uma bela casa de fazenda, no interior do país, vários religiosos, de diversas religiões, estão reunidos para um encontro ecumênico no final de semana. Esse encontro foi bastante divulgado pela mídia durante a semana toda. Afinal, seria uma reunião para que as diversas religiões pudessem se entender e criar um enorme local ecumênico, onde poderia haver encontros e estudos de todas as religiões de forma fraterna.

Durante o sábado, ocorreram algumas reuniões iniciais, porém sem nenhum progresso. Cada um queria assumir o controle da construção do templo ecumênico, visando ter vantagens financeiras com desvio de verbas. Todos concordaram em serem mais efetivos no dia seguinte após o almoço e o posterior repouso.

No domingo, após o almoço sofisticado, os principais líderes se reúnem e começam a discutir, cada um defendendo suas crenças e seus interesses pessoais.

Depois de mais de uma hora de discussões sem chegar a um acordo, as portas e janelas se fecham, todas as câmeras de segurança explodem, assim como os celulares e gravadores escondidos quebram inexplicavelmente...

Um início de pânico começa no ambiente, porém a aparição de Krápiter em cima da mesa faz com que todos fiquem presos em suas cadeiras em total silêncio. Nota-se apenas o suor escorrendo dos rostos apavorados daqueles homens e mulheres.

Então Krápiter começa a falar para cada um deles:

— Quer dizer que a sua religião é a única verdadeira e foi a escolhida pelo Criador Supremo? Que criador mais incoerente seria esse que só faz aumentar o orgulho e o egoísmo de uma pequena parte da humanidade? E os outros seres humanos são inferiores a vocês? Raça de víboras!

Então fala virando-se para outro grupo:

— E vocês que dizem fazer parte do grupo do Mestre dos Mestres, mas se esquecem de que Ele não tinha nenhuma pedra para encostar a cabeça. Vocês vivem no luxo, esquecendo-se dos mais humildes e simples. Seus hipócritas!

Volta-se a um casal que está mais recuado:

— Aqui temos um casal, um exemplo digno da seita que eles defendem como a única que representa o Criador Supremo e o Mestre dos Mestres! Uma seita que exclui qualquer ser humano que pensa de outra forma, que é diferente do que eles acreditam que seja a normalidade! Mas, para recolher dinheiro dos seus pobres seguidores, vocês não têm o menor escrúpulo! Dinheiro esse usado somente para o enriquecimento de vocês e de alguns poucos comparsas. Vendilhões do templo!

Dirige-se ao outro lado da mesa, onde um grupo o observa assustado:

— Deste outro lado da mesa, representantes que condenam qualquer questionamento ou comportamento que não conste no livro que determinaram como o livro máximo! Porém não fazem nada contra os seus sacerdotes masculinos que abusam de menores, nem de suas sacerdotisas que se divertem com orgias e depois fazem abortos clandestinos! São lobos em pele de ovelha!

E virando-se para o grupo ao lado:

— Do lado desses infelizes, encontramos outro pequeno grupo representando a religião que prega simplicidade e humildade, mas somente para os seus adeptos, não para os maiorais hierárquicos. Para esses, tudo é permitido! Boicotam livros que poderiam abrir os olhos dos seus seguidores e só divulgam o que lhes interessa. Sepulcros caiados!

Então, voltando ao centro da sala, fala a todos:

— Minha vontade é mostrar para cada seguidor de suas religiões quem são os seus líderes! Mostrar quem são vocês, seus falsos profetas! O que vocês preferem: divulgar toda a sua podridão para os seus adeptos, ou a porta larga, o caminho mais fácil, que é acabar com tudo entre vocês?

E Krápiter continua falando ferozmente:

— Pensem e sintam no corpo e na alma tudo o que eu resumi das barbaridades que fizeram e decidam qual caminho seguirão. Eu não sou nenhum justiceiro, sou apenas aquele que se propôs a executar a lei "a cada um segundo suas obras". Divirtam-se, afinal eu deixei em cima da mesa os talheres bem afiados que vocês usaram no almoço. Não se preocupem, estão todos desinfetados.

Krápiter se dirige à porta principal e desaparece misteriosamente.

Passados alguns minutos, ele tem a visão do caminho que os falsos profetas escolheram seguir...

Uma semana depois, quando o assunto da morte de todos os membros das principais religiões do país já está menos comentado, Lucy, Jorge e Markus se encontram no final de semana para se distraírem um pouco. Lucy está muito abalada com o ocorrido e inicia a conversa com seus dois amigos:

— Agora vocês entendem por que eu não acredito em nada! Como foi possível aqueles homens e mulheres se matarem num encontro que tinha como objetivo a construção de um templo que todas as pessoas poderiam frequentar, sem divisões de credo? Se Deus existisse, Ele não deixaria isso acontecer. Deus foi uma invenção de pessoas que têm a necessidade de que exista alguém superior que cuide delas. Pura insegurança!

— Interessante seu ponto de vista — comenta Markus. — Por outro lado, eu gosto sempre de pensar com dois pontos de vista antagônicos. A não aceitação de Deus como um ser superior pode ser por causa do orgulho de pessoas que se consideram melhores que outras. Antigamente as pessoas acreditavam que o Sol girava em torno do planeta, afinal não havia nada mais importante do que a humanidade. Puro orgulho!

— Lucy, prometo me conter e não bater palmas para os argumentos apresentados por Markus — debocha Jorge.

— Então, senhor Markus, me explique onde está Deus quando as crianças morrem, os animais se trucidam, as plantas sofrem e morrem por falta de água — pergunta Lucy de forma provocadora.

— Bem, cara Lucy, lembra-se da nossa outra conversa? Além de ter vida em outros planetas e universos, existe vida após a morte, e agora se prepare: a reencarnação existe, ou seja, o espírito volta ao planeta depois de passar um período em outra dimensão, para recomeçar o seu aprendizado, até que aprenda a fazer parte integral da criação divina. Afinal, nascer já seria uma coisa mágica, então por que motivo isso não poderia se repetir? Por que alguns nascem em condições materiais escassas e outros na abundância? Alguns doentes, outros saudáveis? Alguns muito inteligentes? Jovens (na verdade, crianças) que se formam na faculdade com apenas 15 anos? Você acha que é o acaso? Por isso que algumas crianças morrem cedo e outras sofrem mais. Tudo ocorre conforme a lei que se resume em: "a cada um segundo a sua obra". Plantou o bem, colhe o bem; plantou o mal, colhe o mal. Às vezes, na própria vida atual ou, se não foi possível, nas próximas encarnações — responde calmamente Markus.

— Lucy, gostaria de acrescentar que, ao ver uma criança feliz correndo para os braços de sua mãe, é o amor de Deus a se expressar — complementa Jorge sabiamente.

— O amor de Deus se expressa com o aprendizado quando uma mãe chora perdendo um filho, mesmo que esse aprendizado seja dolorido. Tudo tem uma explicação, porém nós ainda nem conseguimos conviver com pessoas que pensam diferente, imagine amar todos os seres humanos como se fossem irmãos! Aliás, cada um é realmente irmão, assim como somos todos irmãos dos minerais, vegetais e animais, afinal tudo foi criado pelo mesmo Pai, pelo mesmo

Deus, pela mesma Força Criadora, o nome que você quiser dar para o Grande Arquiteto.

— Bem, até agora vocês não me explicaram o motivo de os animais e plantas sofrerem, já que eu estudei esta semana que eles não têm livre-arbítrio, ou seja, não podem ter carma — questiona Lucy novamente.

— Lucy, acho melhor você digerir o que conversamos hoje. Agora você me comprovou que é uma mulher inteligente e que foi estudar um assunto no qual não acredita, mas que é necessário entender. Meus parabéns! Numa próxima oportunidade, voltaremos ao assunto — responde Markus, feliz com a nova chance de se encontrarem.

— Até eu tenho curiosidade nessa pergunta que a Lucy fez. Nunca tinha pensado sobre o motivo do sofrimento de plantas e animais — diz Jorge.

9. O PREÇO DA FAMA

Em outra grande cidade, ocorre a festa de inauguração de um novo estúdio musical, que foi construído numa grande casa, contendo os equipamentos mais modernos.

Os donos do estúdio são dois irmãos famosos no mundo inteiro por comporem e produzirem cantoras de música popular com fama mundial.

Personalidades do mundo musical estão presentes. Os proprietários não economizaram para fazer a festa. Além da comida sofisticada, compraram as melhores bebidas e vários tipos de drogas, afinal, no meio musical em que eles vivem, a droga é consumida fartamente.

Entre os convidados, encontra-se Sofia, uma nova e promissora cantora popular. A família dela investiu muito dinheiro para que ela pudesse aparecer no meio musical. O irmão e produtor mais novo, Ricardo, logo que conheceu a linda Sofia, interessou-se sexualmente por ela e aguardou ansiosamente a festa, para que ele pudesse concretizar os seus desejos.

Ao final da festa, quando quase todos os convidados estavam indo embora, Ricardo leva Sofia para mostrar-lhe a sala de gravação de voz, com os melhores microfones do mundo. Sofia, encantada com a festa onde pôde encontrar vários artistas famosos, não percebe a real intenção de Ricardo.

Ele então oferece uma droga para ela, que nega gentilmente, dizendo que jamais provou algum entorpecente.

A negativa excita mais ainda Ricardo, que tenta seduzi-la de todas as formas para que ela entre no mundo das drogas. Ele sabe que, uma vez que ela se torne viciada, ele conseguirá dela tudo o que quiser, em troca de drogas cada vez mais fortes. Essa tática sempre funcionou com os dois irmãos.

Porém, Sofia consegue resistir ao máximo e começa a rezar mentalmente pedindo ajuda às forças superiores.

Nesse momento, Krápiter aparece na sala de gravação, que está trancada, assustando Sofia e Ricardo, que não entendem como aquele homem sinistro apareceu.

Krápiter se aproxima de Ricardo e começa a falar em voz alta, assustando ainda mais o produtor:

— Quer dizer que o mundialmente famoso compositor e produtor musical Ricardo gosta de viciar moças bonitas para tirar proveito sexual delas? Você não consegue ter um envolvimento amoroso sem ter de colocar drogas no meio? É tão inseguro assim? Não bastasse a desgraça que você e seu irmão estão causando para a música em geral, banalizando cada vez mais as letras, e ainda estão substituindo músicos profissionais por programas de computador! Vocês têm noção de que a maioria dos jovens está alienada musicalmente, perdeu a vontade de estudar música e praticar um instrumento porque não são mais influenciados pela genialidade de ídolos musicais? Vocês estão enterrando a música, a arte que mais aproxima o homem do seu Grande Criador Divino! Ninguém quer mais aprender a cantar, afinal vocês corrigem a afinação de qualquer um utilizando software específico para isso! Miseráveis! A humanidade conseguiu desenvolver vários estilos musicais em cada país e vocês estão massificando da pior maneira possível, criando uma legião de zumbis musicais, que não conseguem perceber as harmonias e melodias das músicas.

Enquanto Krápiter fala com Ricardo, o irmão mais velho, José, entra na sala de gravação e fica paralisado ao ver aquela situação.

— Venha pra cá, José, junte-se ao crápula do seu irmão para vermos como irão limpar toda a sujeira que vocês fizeram no mundo inteiro — ordena Krápiter, que continua falando: — Essa cantora, Sofia, ficou enfeitiçada com a história de sucesso da já esquecida e abandonada Cristina. Sofia conhece apenas o lado que vocês deixaram a mídia divulgar. Ela precisa saber que vocês viciaram Cristina para que ela pudesse servir de escrava sexual para vocês, além de ganhar muito dinheiro, que foi usado para comprar drogas de seu fiel fornecedor, que divide os altos lucros com vocês dois! E a pobre Cristina encontra-se jogada numa cama, prestes a morrer por causa da anorexia que lhe acometeu.

Krápiter aproxima-se carinhosamente de Sofia, conduz a moça para o lado de fora da sala e pede que ela o aguarde sair.

Estando somente os três na sala, Krápiter levanta cada irmão com uma mão e, olhando furiosamente, lhes ordena:

— Vocês terão que escolher entre a vida, confessando sobre todos os crimes que cometeram, e a morte, que vocês encontrarão com as drogas que estão aqui em cima da mesa. Eu terei que cuidar de Sofia, para que ela não sofra ainda mais com o trauma que Ricardo lhe causou...

Krápiter sai da sala de gravação e conduz Sofia para fora da casa. Ela o acompanha mecanicamente, totalmente traumatizada com o ocorrido.

— Bem, Sofia, você não vai se lembrar do assédio de Ricardo. Você se lembrará apenas de que saiu da festa com um jovem loiro chamado Krápiter e que foi para sua casa de táxi.

No dia seguinte, a notícia da morte dos dois irmãos por overdose se espalha pelo mundo todo. E apenas alguns veículos de comunicação informam sobre a morte da ex-cantora Cristina, que ocorreu na mesma noite da morte dos dois irmãos...

Novamente os detetives Lucy e Jorge foram indicados para investigar o caso de overdose dos dois irmãos e produtores musicais.

Depois de uma semana de interrogatório com todas as pessoas que trabalharam ou foram convidados para a festa, Lucy e Jorge conversam com o chefe Carlos na sala isolada do departamento, a fim de que ninguém ouvisse a conversa.

— Carlos — Lucy começa a explanação —, após a autópsia, concluiu-se que os dois irmãos morreram realmente por overdose. Mas uma coisa nos chamou a atenção...

— Não me conte que... — exclama Carlos.

— Sim, Carlos — confirma Jorge. — Uma das convidadas saiu da festa com um loiro chamado Krápiter. E ela está curiosa sobre como pôde se lembrar desse estranho nome, depois de ter bebido bastante...

— Nós a chamamos para um exame toxicológico e usamos o soro da verdade nela — explica Lucy. — E realmente tudo o que ela nos contou anteriormente é verdade. De novo esse misterioso Krápiter está envolvido em mais uma tragédia...

À noite, Lucy, Jorge e Markus têm mais um encontro descontraído e, como não poderia deixar de ser, o assunto principal foi a morte dos dois famosos produtores musicais.

— Sabe o que eu não entendo? — comenta Lucy. — Por que muitos do meio musical são viciados em drogas?

— Eu também não tenho a resposta — fala Markus.

- Normalmente, pessoas envolvidas em atividades artísticas são mais sensíveis e, talvez por isso, mais sugestionáveis para a busca de novas sensações.

— Pensando no que você nos falou outro dia, Markus, que nos crimes devemos seguir o dinheiro, talvez os que lucrem muito com a venda de drogas estejam por trás do sucesso de artistas, para ganharem ainda mais dinheiro — complementa Jorge.

— Interessante o que você falou agora — interrompe Lucy. — Na maioria das vezes que um artista consegue sair das drogas, ele não tem mais destaque nas mídias, quase caindo no ostracismo. Veja o caso da morte da cantora Cristina, que foi muito famosa, fez um tratamento bem longo para sair das drogas, conseguiu e acabou esquecida pelo público em geral. E, misteriosamente, ela faleceu no mesmo dia que os dois irmãos que a lançaram no mercado musical. Sinistro...

— Eu acho o mundo da música uma das coisas mais geniais que o ser humano descobriu — diz Markus de forma empolgada. — Uma coisa que eu admiro, entre tantas, é o fato de podermos pegar uma partitura em um país, levar para um músico de outro, que jamais tocou a música, e ele conseguir tocar. É uma linguagem universal.

— Universal não, é uma linguagem planetária — brinca Jorge.

— Verdade, Jorge — concorda Markus, rindo da inteligente colocação de Jorge. — Os inúmeros gêneros musicais que existem no planeta são impressionantes. Desde o canto gregoriano, música barroca, música clássica, fado, tango, rumba, jazz, blues, reggae, rock'n'roll, chorinho, bossa nova, samba, dance music, country, pop, hip hop, new age, música contemporânea, enfim, nem sei quantos mais estilos existem.

— Eu gosto muito de hip hop — diz Lucy.

— Credo, Lucy! Eu sei disso e não entendo como uma mulher inteligente e linda igual a você pode gostar disso — fala Jorge provocando a amiga.

— Jorge, pelo jeito a Lucy adora ir às baladas e ficar ouvindo a mesma batida num volume que ninguém consegue conversar. Mas é compreensível o motivo de não querer conversar: não tem assunto! — brinca Markus, também provocando Lucy.

— Os dois meninões podem ficar sossegados que eu não cairei nessas provocações musicais. Digamos que elas estão desafinadas! — responde Lucy também rindo.

Passados mais uns dias, o Chefe do tráfico liga para o Comandante a fim de lhe repassar as novidades.

— Comandante, sabe aquele caso em que perdemos os dois irmãos, uns dos melhores compradores de drogas que tínhamos?

— Claro, Chefe, ainda estou inconformado com o ocorrido.

— Adivinha o que eu descobri com o nosso informante? Aquele miserável do Krápiter está envolvido novamente neste caso. Além disso, apareceu um rapaz que está ajudando os detetives a desvendar alguns crimes. Irei tomar algumas providências para eliminá-lo...

10. SERES RACIONAIS?

Num domingo de manhã, dona Joana sai cedo de casa para passar o dia com uma antiga amiga que está acamada. Markus, após tomar o café da manhã, vai para seu quarto ler alguns livros sobre psicologia e acaba dormindo.

Em um outro país, numa reserva para animais selvagens, quatro caçadores estão à procura de rinocerontes para o abatimento e a coleta de partes do corpo do animal para venda no mercado ilegal.

Os quatro caçadores sabem do risco que estão correndo, tanto por serem atacados pelos animais como por serem presos pelas autoridades competentes. Mas, em vez de medo, eles sentem mais vontade de caçar ilegalmente, como se uma injeção de adrenalina tivesse sido aplicada neles.

Ao entrarem na reserva carregando rifles de alta potência, deparam-se com Krápiter, como se ele estivesse esperando os criminosos.

Com um gesto de suas mãos, Krápiter arremessa os rifles para longe, junto com os demais itens de caça que os quatro estavam transportando. Em sua mente, Krápiter vê as atrocidades que os quatro já cometeram contra a natureza, matando animais ilegalmente para posterior venda.

— Quer dizer que vocês são os caras que fomentam o comércio ilegal dos restos desses animais que são verdadeiras obras de arte que a natureza criou? Onde fica a coragem de cada um, quando não têm mais armas para atacar covardemente esses animais? — grita Krápiter para os caçadores imobilizados pelo medo.

— Vocês nunca leram o que o grande Leonardo da Vinci falou, que chegará o tempo em que o homem conhecerá o íntimo de um animal e nesse dia todo crime contra um animal será um crime contra a humanidade? Vocês poderiam trabalhar com infinitas coisas, mas preferiram o caminho fácil, o caminho do crime. Não aprenderam que esse caminho sempre é curto e o criminoso, além de não ter vida digna nem longa, pagará um alto preço depois da morte?

E Krápiter continua a falar:

— Já que os quatro valentões são tão machos para caçar ilegalmente, que tal vocês correrem bem rápido agora? Porque os meus amigos estão vindo bem atrás de vocês e parece que também não gostam de caçadores ilegais.

Os caçadores olham para trás e veem três rinocerontes enormes vindo na direção deles. Eles correm por um caminho e desaparecem na mata.

Krápiter acompanha a fuga dos quatro caçadores e fala consigo mesmo:

— Que pena que eles correram sem me perguntar qual seria o melhor caminho. Escolheram justo o que leva à reserva dos leões. Sempre escolhendo o caminho errado... Espero que os leões não estejam muito famintos...

Alguns dias depois, guardas locais encontram restos mortais dos caçadores na reserva dos leões.

Enquanto isso, no Departamento de Investigações de Casos Especiais, o chefe Carlos está desconfiado de que alguém do seu departamento está passando informações para a organização criminosa. Várias equipes de investigadores utilizam a mesma sala especial para conversas confidenciais. Como algumas ações de suas equipes foram interceptadas pelos criminosos, Carlos tem certeza de que alguém do departamento está fazendo o papel de agente duplo.

Então ele solicita uma equipe especializada em detecção de escutas para verificar todos os ambientes do departamento, inclusive a sala especial. Porém, nada é detectado. Isso deixa Carlos ainda mais angustiado, mas ele não pode dividir isso com seus profissionais, porque, além de ser ônus de seu cargo, nesse momento, todos são suspeitos.

E do outro lado da cidade:

— Comandante, está tudo pronto para pegarmos o miserável do Krápiter. Aquele loirinho vai aprender a não se meter nos negócios dos outros.

— Chefe, tenha cuidado. Não vá se expor nessa operação, porque se algo der errado...

— Sim, Comandante, pode ficar tranquilo que não colocarei em risco nossa operação. O meu camarada de confiança vai comandá-la. Ele tem umas intuições que sempre o ajudam nos casos mais complicados.

11. O CALCANHAR DE AQUILES

Durante a semana, alguns crimes aconteceram em virtude do abastecimento adicional de drogas para alguns delinquentes que estavam foragidos.

A imprensa escrita e falada utilizou a maioria dos seus espaços para relatar os fatos, além de entrevistas com especialistas para desvendar o súbito aumento da criminalidade.

Apesar de todos os esforços por parte da segurança pública, nada foi descoberto.

O chefe Carlos chama Jorge e Lucy para a sua sala, a fim de repassar uma informação:

— Vocês dois sabem que eu devo minha vida a vocês e tenho muita confiança nos dois. Acho que, sem querer, descobri o centro de distribuição das drogas.

— Como sem querer, chefe?! — pergunta Jorge.

— Em uma conversa com amigos da segurança pública, alguém comentou que um dos viciados arruaceiros falou para um informante dele que a central de distribuição está localizada naquela comunidade onde uma vez recebemos denúncia falsa e não encontramos nada. Vamos organizar uma batida policial lá para daqui três dias. Assim temos tempo para planejar corretamente.

Nessa noite, numa casa no alto da comunidade, encontram-se seis dos maiores bandidos da gangue do chefe de drogas. Eles estão reunidos e comemorando o resultado da semana de crimes com base na distribuição maciça de drogas. Enquanto estão conversando, ouvem alguns ruídos e, de repente, Krápiter aparece para eles.

— Uma festa de confraternização e vocês nem me convidam? — fala Krápiter cinicamente.

— Desculpe a nossa falha, mas quem é você? Nós convidamos um amigo, bem diferente de você — responde o criminoso chefe desse grupo.

— Ah, vocês convidaram o Krápiter. Entendi. Ele não pôde vir, mas me pediu para vir no lugar dele — fala Krápiter de forma desafiadora.

— Bem, a nossa comemoração não será completa sem a presença dele. Em todo caso, se você não se importar, vamos dar a você o presente que estava reservado para ele.

Imediatamente cai uma rede feita de aço toda eletrificada, dando choque em quem encostasse nela.

Krápiter, abrindo os braços rapidamente, destrói toda a rede, espalhando pedaços de aço para todos os lados.

Enquanto ele está com os braços abertos, livrando-se da malha, o chefe e o bandido ao seu lado atiram dois tipos de flechas, como se fossem de arpões. Elas perfuram os pulsos de Krápiter, prendendo-o na parede.

Krápiter começa a sentir uma terrível dor, que ele não consegue dominar, e desmaia.

Os seis bandidos se aproximam do corpo de Krápiter preso na parede e o chefe comemora:

— Bem, se não pegamos o Krápiter, pelo menos pegamos o amigo dele. Vamos primeiro dar uma lição nesse cabeludo, porém não vamos matá-lo, vamos apenas quebrar alguns ossos e ver o quanto ele aguenta apanhar. Ele ainda vai ser interrogado pelo nosso grande Chefe.

No outro dia, Lucy e Jorge são chamados para irem até a comunidade investigar uma denúncia com a equipe de perícia. Ao entrarem na sala, eles encontram os seis corpos dos bandidos mortos, como se tivesse havido uma briga entre eles. Os peritos começam a fotografar e recolher todas as informações possíveis.

Depois de algum tempo, Lucy é chamada de lado para conversar com o responsável da equipe de peritos.

— Lucy, você sabe que sempre trabalhamos muito bem juntos. Você vai receber todo o relatório detalhado, mas quero lhe mostrar algo que me deixou sem ter nenhuma pista — confabula o responsável com a detetive.

— Claro, sempre formamos uma ótima equipe interdepartamental — concorda Lucy.

— Repare nesta parede aqui. Está vendo esses dois buracos com manchas de sangue? E esses dois arpões com marcas de tijolos e sangue nas pontas? Com certeza isso deve ter perfurado alguém e, pela altura e distância dos buracos na parede, foi como se alguém tivesse sido preso nela pelos arpões, porém nenhum dos corpos apresenta perfuração nos braços...

Depois de alguns dias, com o relatório pronto da perícia, o chefe Carlos autoriza Lucy e Jorge a contratarem a consultoria de Markus. Lucy, contente em poder trabalhar novamente com ele, liga para a casa de dona Joana para fazer o convite.

— Boa tarde, dona Joana, tudo bem por aí? É a investigadora Lucy, amiga de vocês.

— Oh Lucy, minha filha, que bom que você ligou — responde dona Joana com voz aflita.

— O que houve, dona Joana?! A senhora está com voz preocupada.

— Desculpe, minha filha, mas realmente estou nervosa e preocupada com o Markus. Faz alguns dias que ele está de cama, com uma febre muito alta, e não quer ir ao hospital para uma consulta. Ele é tão teimoso como a mãe dele era!

— Nossa, dona Joana, quando for assim, pode nos procurar. A senhora e o Markus são dois amigos muito queridos. Eu vou aí agora mesmo ver como ele está. Até já, dona Joana.

Lucy desliga o telefone e vai para a casa de Markus tão preocupada que se esquece de avisar Carlos e Jorge.

— Pode entrar, minha filha. Como você veio rápido — diz dona Joana, recebendo Lucy, como sempre, de forma amorosa. — Vamos até o quarto do Markus, eu já avisei que você viria visitá-lo.

— Muito bem, seu Markus teimoso, quer deixar a sua tia mais preocupada ainda? Por que não foi ao hospital para fazer uma consulta? — pergunta Lucy de forma preocupada.

— Calma, Lucy, já estou bem melhor. Não sei o que aconteceu, mas, acredite em mim, estou bem melhor. A tia Joana está fazendo uma sopa que, se eu tomar hoje à noite de novo, amanhã estarei recuperado dessa forte gripe — responde Markus com voz fraca de pessoa doente.

— Então vamos combinar o seguinte: se amanhã você não acordar melhor, o Jorge e eu viremos aqui para levá-lo à força para o hospital — Lucy fala firmemente com Markus.

— Combinado, chefe Lucy, farei o que a senhora mandar — brinca Markus com a situação.

Ao se despedir, Lucy repara em uma cicatriz quase curada em cada um dos pulsos de Markus.

Após o jantar reconfortante, Markus fica sozinho no seu quarto, pensativo:

— Bem que eu desconfiava que eu deveria ter um ponto fraco. Mas nos pulsos? Por que motivo? E como eles tinham dois arpões preparados para atirar em mim? Como sabiam desse ponto fraco? Ainda bem que meus pulsos cicatrizaram rapidamente e a tia Joana nem percebeu. Não saberia explicar como os machucados aconteceram. Foi bom eu ter esses dias para meditar sobre tudo. Só agora percebi a extensão do Império das Trevas. Não adianta fazer somente a limpeza da sujeira na superfície. Terei que me aprofundar ainda mais...

12. TERRÍVEL DESCOBERTA

Passadas algumas semanas, Markus se recuperou totalmente dos ferimentos e está trabalhando com Lucy durante as férias de Jorge.

A criminalidade diminuiu, porém os dois ainda têm alguns casos para resolver.

Carlos, o chefe do Departamento de Investigação, chama Lucy para conversar em sua sala e, durante a conversa informal, toma coragem e pergunta à sua competente investigadora:

— Lucy, você conhece o Jorge há muito tempo, certo? Me diga com sinceridade, vocês já tiveram um romance?

— Imagina, Carlos! — Lucy começa a rir de forma natural. — Somos amigos de verdade, somos como verdadeiros irmãos.

— E você sabe onde o Jorge foi passar as férias? É com alguma namorada? — pergunta Carlos bastante curioso.

— Ele me falou que iria passar umas três semanas com uns parentes no interior, um lugar bem afastado, quase sem comunicação com o resto do planeta — Lucy comenta rindo. — E, que eu saiba, ele não está namorando. Nós dificilmente conversamos sobre esses assuntos, temos um grande respeito pela individualidade do outro — complementa Lucy.

E, encerrando a conversa, Lucy se retira para sua casa.

Markus chega em casa, após mais um dia de trabalho, e é recebido, como sempre, de forma afetuosa por dona Joana.

— Seja bem-vindo, meu querido trabalhador — brinca dona Joana. — Como sou uma mulher experiente e bem informada, darei a você uns trinta minutos de descanso antes de eu descarregar as minhas quase vinte mil palavras em cima de você — diz dona Joana rindo amavelmente.

— Ainda bem, tia Joana, que a senhora entende os homens! Parece que as nossas células masculinas têm memória de cem mil anos e é como se fôssemos homens das cavernas, chegando depois de um dia cansativo de caça, e que precisamos sentar em frente à fogueira por meia hora, para abaixarmos a adrenalina — responde Markus, também de forma afetuosa.

Após o banho restaurador, Markus desce e se encontra com dona Joana na sala de jantar.

— Bem, Markus, já que você está renovado, vamos conversar — brinca dona Joana. — Hoje estive na casa de assistência e relembrei com minhas antigas amigas e voluntárias sobre a ajuda que cada uma de nós recebeu naquela bendita casa — comenta dona Joana emocionada com as lembranças.

— Nossa, tia Joana, é muito importante recordarmos os momentos difíceis em que fomos vitoriosos com a ajuda de outras pessoas. Isso revigora nossa força e nossa fé — fala Markus com sinceridade.

— Verdade, meu filho. Foi muito bom recordar as duas pessoas muito queridas que foram importantes não só na minha vida, mas também na de outras pessoas.

— E elas continuam trabalhando na casa? — pergunta Markus com curiosidade.

— Infelizmente já faleceram... Mas vamos mudar de assunto, senão irei chorar novamente — observa dona Joana, desviando-se de sua tristeza em recordar seu passado. — Eu sei que você está trabalhando somente com a Lucy, já que o Jorge está de férias. E pelo jeito você está gostando muito dessa oportunidade... — brinca dona Joana.

— Tia Joana, infelizmente não tenho tempo para curtir um romance. Eu sei que a Lucy é uma moça especial e atraente para o meu gosto, porém não há nada entre nós dois — diz Markus com sinceridade.

Dona Joana, percebendo que esse é o momento oportuno, pergunta para Markus:

— Você sabe onde Jorge está passando as férias?

— Sim, ele comentou conosco. Falou que vai passar umas semanas com uns parentes no interior, um lugar bem afastado — responde Markus.

— Interessante, meu filho — fala dona Joana com voz de preocupação. —Você sabe que eu tenho jovens amigos que são verdadeiros gênios da informática. Eles foram muito ajudados pela nossa casa de assistência e confiam muito em mim. Eles estão testando um novo aplicativo de reconhecimento facial que desenvolveram e que está em teste na polícia, e me pediram para ajudar com alguns rostos conhecidos...

— Tia, não me diga que a senhora usou nossas fotos... — diz Markus preocupado.

— Calma, meu filho, eu usei somente aqui em casa, não passei nenhuma informação para eles. Aliás, esse foi um pedido deles para mim. Que eu somente entrasse em contato com eles em caso de algum erro encontrado — responde calmamente dona Joana.

— Por isso que ninguém do Departamento de Investigação coloca fotos nas redes sociais. Se uma simpática e bisbilhoteira velhinha quer obter informações, imagine os criminosos — comenta Markus de forma carinhosa para brincar com dona Joana.

— Escute aqui, seu rapazinho, mais respeito! — responde dona Joana, como se estivesse brava, mas em seguida começa a rir. — Eu fiz várias pesquisas e encontrei algo desagradável — diz dona Joana com voz preocupada.

Markus se preocupa no mesmo instante com a possível descoberta de que ele é Krápiter, porém ela continua a falar:

— Eu vi que nenhum de vocês têm fotos nas redes sociais, mas infelizmente algumas pessoas não respeitam a individualidade dos outros e publicam fotos sem a permissão das pessoas envolvidas. E foi o que aconteceu com o Jorge...

— Como assim, tia Joana?! Não estou entendendo aonde a senhora quer chegar.

— O que vou lhe revelar é apenas um indício, precisamos ter calma e procurar mais evidências...

— Evidências sobre o quê? Sobre o Jorge? — pergunta Markus aflito.

— Você sabe sobre aquela viagem de navio caríssima que ficou sendo apresentada em comerciais em tudo que é mídia, não sabe, meu filho?

— Claro que sei. Até a Lucy comentou que era impossível qualquer pessoa do Departamento de Investigação ter condições financeiras para viajar os quinze dias naquele navio.

— Pois então, meu filho, veja o que eu encontrei com o aplicativo.

Dona Joana apresenta a foto colocada em uma rede social, que mostra claramente o Jorge em uma festa no navio.

— Mas, tia Joana, pode ser que não seja ele, existem pessoas bem parecidas no planeta.

— Eu sei, Markus, porém acho muito difícil outra pessoa que tenha as mesmas iniciais do nome e tenha a mesma camisa bordada com elas, como o Jorge tem...

Markus se aproxima mais da tela e confirma que realmente é o Jorge no navio.

— Mas como isso é possível, tia? Esse navio é caríssimo, a menos que o Jorge... Não, não posso pensar isso dele...

— Markus, eu compreendo sua angústia. Eu também pensei a mesma coisa quando descobri. Inicialmente, eu queria que não fosse verdade, porém é o Jorge. E como ele não ganha o suficiente para pagar uma viagem desse tipo, uma possibilidade é que ele seja o informante para o grupo criminoso.

Markus e dona Joana silenciam por uns instantes e ela volta a falar:

— Porém, meu filho, conforme aprendemos nos livros sobre detetives, essa é somente a primeira evidência. Não podemos fazer qualquer julgamento precipitado. Precisamos ter cuidado para não cairmos no erro de procurar evidências que nos confirmem o que pensamos precipitadamente. Quando a informação vem de uma fonte única, merece ser questionada e novas evidências devem ser obtidas.

— A senhora tem razão. Preciso me controlar e não procurar evidências que condenem ou isentem o Jorge, devo apenas procurar novas evidências. Chegaremos a uma conclusão depois de uma análise bem mais detalhada e isenta.

13. COMÉRCIO DE DROGAS

Markus vai para o seu quarto preocupado com a possibilidade de Jorge ser o informante. Porém, ao deitar-se, cai em sono profundo...

Nesse instante, Krápiter desce para a zona espiritual abaixo da crosta planetária, e vai para a região das Trevas.

Ao notar que ele está dentro de um grande laboratório, percebe também que se sente mais forte, como se estivesse numa região mais adequada para ele.

Imediatamente, como se um conhecimento anterior aparecesse novamente em seu cérebro, Krápiter entende que está num grande laboratório das trevas, onde novas drogas são desenvolvidas e testadas em seres que vivem nessa dimensão, para que posteriormente inspirem os cientistas do mal que vivem corporificados na Terra a desenvolverem as mesmas drogas já testadas. Com isso, mais jovens podem ser desviados do caminho correto e se tornarão novos escravos, após a morte do corpo físico.

Krápiter adentra o salão principal, onde os cientistas mais inteligentes do mal estão reunidos e discutindo sobre uma nova droga poderosíssima.

Ao ver aqueles cientistas, não com um corpo físico, mas, sim, com um corpo mais sutil, porém finito, como o corpo físico, levanta seus braços, procurando proteger seus punhos com as luvas, e ordena para todos eles:

— Miseráveis, venham rastejando até aqui neste canto da sala! Vocês não passam de cobras venenosas com feição humana!

Todos os cientistas são arrastados para o canto, como se fossem atraídos por um poderoso ímã. O chefe dos cientistas, um espírito ligado às Trevas há vários séculos, tenta se livrar e grita para Krápiter:

— Quem você pensa que é, para vir até aqui e nos enfrentar? Por acaso é mais um fanático seguidor do Cordeiro que nos tem desafiado desde a criação do planeta?

— Cala essa boca! Você não tem moral nem para citar o Mestre dos Mestres! — Krápiter grita ferozmente. — Vocês vão sentir na própria pele todo o mal que espalharam por séculos no planeta Terra. Vou dar um tempo para vocês aproveitarem toda a dor e então decidirem se arrependem ou preferem acabar com tudo... Afinal, estou vendo que os construtores do prédio já deixaram tudo preparado para que em um caso extremo tudo fosse explodido, com o simples aperto de um botão...

Dizendo isso, Krápiter solta uma risada sinistra e se retira do prédio.

Do lado de fora, um pouco distante, ele aguarda a resolução dos cientistas.

Passados alguns minutos, ocorre uma grande explosão e o prédio fica em chamas, sendo destruído totalmente.

Krápiter consegue ver que os espíritos saíram dos corpos destruídos pela explosão e foram reduzidos à forma atômica, juntando-se e formando uma pequena gosma escura. Nesse instante, essa gosma é transferida para um tubo cilíndrico de cristal transparente, que já continha outra massa disforme, e ambos se misturam, formando uma única massa. O tubo é erguido misteriosamente e desaparece no alto...

— Bem, vamos agora subir para o planeta Terra e nos encontrar com os cientistas que são marionetes desses vermes que perderam totalmente a sua forma humana — diz Krápiter em voz alta.

Em alguns minutos Krápiter aparece sentado numa poltrona na última fileira de um luxuoso auditório dentro de um laboratório gigantesco, onde os cientistas vinculados ao mal estão reunidos para decidir sobre o lançamento de uma nova droga que um deles desenvolveu após ter uma inspiração, e que seria testada em uma moça seminua ferida pendurada pelos pés com correntes e aparentemente desmaiada.

Uma enorme repulsa toma conta de Krápiter e ele rapidamente se coloca ao lado da moça, falando furiosamente para todos:

— Covardes! Vocês não merecem viver em nenhuma dimensão!

E todos são jogados contra a parede, ficando amontoados, sem conseguirem se manifestar.

A moça, com sangue escorrido por todo o seu corpo, inclusive rosto e cabelos, é retirada das engrenagens por Krápiter. Quando ele percebe que ela não corre perigo de vida, volta-se para os cientistas ainda mais furioso.

— Vocês gostam de testar drogas em outras pessoas? Então vamos todos para o laboratório ao lado, que eu terei o prazer de ver o que vocês serão capazes de fazer...

Todos os cientistas vão para a sala ao lado de forma automática, notando-se apenas o pavor em seus rostos.

— Vocês utilizam a inteligência de cada um para criarem drogas alucinantes, desviando as pessoas que as utilizam para o caminho do mal! E elas não percebem que, comprando essas drogas ilegais, estão financiando o crime organizado, que fica cada vez mais poderoso, sendo um instrumento útil para o domínio das trevas no planeta!

E Krápiter continua gritando para os cientistas:

— Muito bem, seus safados! Agora terão duas opções: ou se rendem para a polícia, contando tudo o que sabem e o que fizeram, e obviamente pagarão um alto preço por isso, ou podem testar em vocês as suas drogas, sentindo não o prazer ligeiro, mas sim todo o sofrimento que causaram aos viciados e seus familiares e amigos. E isso vai custar a vida inútil de vocês. Bom divertimento!

Krápiter se retira, indo ao encontro da moça ferida. Ao entrar novamente no auditório, a moça não se encontra mais no chão e ele percebe que a porta dos fundos do auditório está aberta, indicando que ela foi retirada por algumas pessoas.

Enquanto Krápiter está pensando na situação mais provável sobre o desaparecimento da moça, os gritos de dor cessam. Ele vai até a sala e confirma que todos estão mortos e que os espíritos foram levados para as trevas.

14. TRISTE ACONTECIMENTO

No Departamento de Investigação de Casos Especiais o chefe Carlos está conversando com Lucy sobre a morte dos cientistas no famoso laboratório.

— Impressionante, Lucy, como esses casos estão acontecendo no planeta todo! Os corruptos que sobrevivem porque se entregam à polícia contam cada história estranha: uma figura exótica que os obrigou a se entregarem... Algumas vezes essa figura é masculina, outras feminina, às vezes moreno, outras vezes totalmente diferente... O nome mais referido é um tal de Krápiter.

— Eu também não entendo, chefe. Por mais que eu tenha me dedicado a estudar o que está acontecendo, não chego a nenhuma conclusão... — comenta Lucy.

— E o pior é que não conseguimos ter nenhuma imagem ou vídeo quando esses acontecimentos ocorrem. Os aparelhos são completamente destruídos — complementa Carlos.

— Bem, Lucy, estou tendo esta pequena conversa com você — fala Carlos em um tom de voz preocupado — para falarmos sobre uma triste descoberta que fiz. Você sabe que o Jorge disse a todos que está viajando para visitar parentes em cidades pequenas e bem afastadas. Porém eu fui escolhido pelo secretário de segurança a ser o primeiro a testar um novo software que foi desenvolvido para reconhecimento facial, por meio dos vídeos e fotos obtidos pelas câmeras espalhadas praticamente pelo planeta todo e por tudo que é publicado nas redes sociais.

— Nossa, que sensacional! Eu não estava sabendo — exclama Lucy, surpresa e feliz com a boa novidade.
— Mas não me diga que andou nos vigiando, Carlos!

— Então, Lucy, para poder confiar nos testes iniciais que eu estou fazendo, realmente utilizei as imagens das pessoas com quem eu convivo — Carlos responde meio sem graça.
— Mas graças a isso eu descobri algo muito intrigante.

— O que você descobriu, chefe? Pare de me enrolar e vá direto ao assunto — reclama Lucy, bastante curiosa com a descoberta de Carlos.

— Eu encontrei vários eventos nos quais você, o Jorge e o Markus estavam, porém todos sem nenhuma importância. Porém, quando vi a foto do Jorge, que foi colocada numa mídia social, em que ele estava numa festa naquele navio caríssimo, eu duvidei inicialmente do software... Porém, com mais pesquisas, descobri que ele está realmente fazendo aquele maravilhoso cruzeiro marítimo. Não sei com que dinheiro...

— Pode parar, Carlos! — exclama Lucy com uma certa agressividade. — Conheço o Jorge há muitos anos e não admito que o senhor sequer insinue que ele é o informante do nosso departamento! Isso é um absurdo!

— Calma, Lucy, eu não fiz nenhuma afirmação. Agora quem está ofendido sou eu, com o seu julgamento precipitado. Eu apenas encontrei uma evidência, que sozinha não significa nada. Você trabalha comigo também há alguns anos e sabe do meu jeito de trabalhar, jamais procurando tirar conclusões apressadas — Carlos responde com firmeza.

E ele continua a falar:

— Eu chamei somente você para conversar porque eu confio muito e sei que você jamais seria capaz de trair o nosso departamento.

— Desculpe-me, chefe, você tem razão, me precipitei e o julguei errado. Vou para casa, porque preciso pensar muito em tudo que conversamos. Amanhã retomaremos a nossa conversa — diz Lucy se despedindo e saindo muito preocupada com as palavras ditas por Carlos.

Do outro lado da cidade, dona Joana chega mais cedo em casa e se encontra com Markus, que estava estudando um livro de psicologia.

— Markus, meu filho, estou com uma grande tristeza em minha alma! Quando chegamos de manhã na nossa Casa Beneficente, a encontramos com as portas arrombadas, os móveis destruídos, uma grande sujeira na casa toda! E o pior, havia uma mensagem escrita na parede, indicando quem fez aquela destruição.

— Meu Deus, tia Joana, como isso foi possível? Como pode alguém nesse mundo destruir uma casa que só se dedica a ajudar as pessoas mais carentes, independente de suas religiões. Não posso acreditar! E o que estava escrito na mensagem? — diz Markus bastante amargurado.

— Pois é, meu filho. É inacreditável mesmo. E o mais incrível era o que estava escrito: KRÁPITER ESTEVE AQUI.

Markus toma um grande susto, mas procura se conter para que dona Joana não perceba nada. E ela continua a relatar os fatos ocorridos:

— Todos começaram a reclamar do Krápiter, dizendo que sabiam que ele não era do bem, que as notícias das boas atuações dele contra os criminosos eram todas mentirosas. Você me conhece, meu filho. Na hora eu gritei com todos e disse que era óbvio que não tinha sido o Krápiter. Ele não deixava nem recado nem provas da sua presença, somente alguns sobreviventes, que o viram e que confessaram seus próprios crimes, foram os que falaram da existência dele — dona Joana diz com voz firme e pausada.

— A senhora tem razão — comenta Markus. — Está muito óbvio que alguém quis jogar a culpa nesse justiceiro.

— Infelizmente, Markus, não existem câmeras de segurança na casa. Você sabe que já é muito difícil conseguir ajuda financeira para as obras de assistência aos mais necessitados, imagine na manutenção da casa...

Nesse instante, Markus sente um mal pressentimento e diz para dona Joana:

— Tia Joana, eu acabo de ter um mau presságio. Por favor, tome muito cuidado e fique sempre com o celular ao seu lado, porque, em caso de emergência, a senhora deve me telefonar imediatamente. A senhora também pode estar correndo perigo...

15. UNIVERSIDADE DAS TREVAS

Markus, ao se deitar na cama, perde a sua consciência. E Krápiter aparece na dimensão das trevas, que fica abaixo da dimensão em que Markus vive.

Ele está dentro de um grande edifício, que ele logo identifica ser uma grande instituição de ensino das trevas, dedicada a preparar livros que serão escritos na dimensão do ser humano, por meio de intuições aos escritores encarnados que estão vinculados ao mal. Esses livros têm o objetivo de desviar especialmente os jovens, negando de forma direta e indireta os belos ensinamentos do Mestre dos Mestres, por meio de teorias absurdas, criando um descrédito nesses ensinamentos, inclusive negando que o Mestre dos Mestres tenha vivido no meio da humanidade. Além disso, dentre os vários departamentos dessa universidade, existem o departamento de mídias, no qual trabalham espíritos voltados a disseminar o mal por meio de jornais, televisão, revistas, internet etc., e um outro departamento que é responsável por treinar os professores encarnados, que durante o sono são trazidos até o local para um tratamento de hipnose, com o objetivo de implantar ideias contrárias aos valores morais que o Mestre dos Mestres ensinou e exemplificou.

Krápiter se sente novamente mais forte na região em que está agora, e com uma voz muito alta e assustadora obriga todos os trabalhadores do mal a se reunirem no grande pátio que fica no solo, no meio do edifício, rodeado pelos andares do prédio.

— Quer dizer que estão aqui os responsáveis pelas mentiras que são escritas em livros, transmitidas em filmes, novelas, por meio da intuição, e que na realidade tudo é feito praticamente por meio de uma hipnose nos seres encarnados! — exclama Krápiter, cada vez mais furioso. — Vocês se aproveitam da inexperiência dos jovens, do fato de eles serem impulsivos e contestadores da situação atual em que vivem. Nojentos e covardes! Utilizam o ponto fraco que eles possuem em função de sua pouca idade e provocam discussões entre famílias, ocasionando até mesmo inimizades entre os familiares! Inspiram os seres ligados a vocês para que espalhem as mentiras e façam com que os jovens se afastem das casas religiosas, infiltrando a descrença nos corações deles! Procuram fazer com que eles nunca se aprofundem em assuntos mais elevados, deixando-os sempre na superficialidade!

Os trabalhadores do mal olham com expressão de ódio para Krápiter, porém todos se sentem acorrentados, sem chance de se livrarem. O espírito mais rebelde entre eles grita para Krápiter:

— Você que é mais um ser asqueroso, seguidor do Cordeiro! Vocês jamais tomarão conta do planeta! Podem esquecer! Nós que somos os criadores e donos de tudo!

Krápiter, olhando de maneira firme para o rebelde, repara que ele era o espírito responsável por intuir o homem de confiança do chefe das drogas, a fim de que ele realizasse as ações mais inesperadas, sempre favorecendo o grupo do mal. Sentindo uma raiva ainda maior, grita para o malfeitor:

— Você se prepare, com os seus comparsas, para sentir e ver toda a desgraça que vocês têm plantado no meio da humanidade! São muitos séculos dedicados ao mal, portanto vocês terão muito tempo para recordar e sofrer tudo o que causaram. E no momento em que não suportarem mais as dores, já sabem como poderão cessar o sofrimento. Aproveitem bastante esses momentos. Quem sabe, no futuro, poderão ser úteis a vocês.

E, dizendo isso, Krápiter se afasta rindo muito alto, criando ainda mais um ambiente de terror.

Enquanto Krápiter começa a sua subida para a dimensão dos encarnados, e até se transformar em Markus em seu quarto, todos os espíritos destroem seus corpos mais sutis após um sofrimento que parecia interminável, e se juntam à gosma contida em outro tubo cilíndrico de cristal transparente.

Markus e Lucy não conversaram sobre a suspeita que existe sobre Jorge ser o informante. Passados alguns dias, Jorge volta de férias e se reúne com Lucy e Markus para conversar sobre as novidades. Jorge está interessado nos casos em que Lucy trabalhou com Markus e ouve atentamente o que ela relata.

— Jorge, nesse período em que você esteve visitando seus familiares, Markus e eu tivemos a oportunidade, não somente de resolver alguns casos, mas principalmente de estudar alguns livros que relatam experiências que a Ciência vem fazendo e que comprovam muitas coisas que os sábios mais antigos afirmavam — diz Lucy animada por poder contar sobre o que aprendeu.

— Você sabia, Jorge, que na natureza o ser humano não é o mais forte, nem o que tem os melhores cinco sentidos, como a visão, o olfato, o paladar, a audição e o tato? E mesmo assim foi o que dominou o planeta. Você sabe por quê? — pergunta Markus, interessado em ouvir o amigo.

— Não tenho a mínima ideia — responde Jorge com um sorriso sincero no rosto.

— O ser humano foi o ser vivo mais solidário! Por meio da solidariedade, ele foi capaz de se desenvolver e chegar até os dias de hoje — responde Markus.

— Mas, por se esquecer dessa solidariedade, é capaz que a humanidade se destrua rapidamente — comenta Lucy com tristeza.

— Realmente, Lucy, infelizmente temos que pensar coletivamente, como uma só família que habita o planeta, sem distinção de nacionalidade, religião, cor, sexo etc. Mas infelizmente estamos mais inclinados a pensar individualmente, nos esquecendo do benefício da solidariedade... — complementa Markus.

— Bem, mudando um pouco de assunto, nesse período das minhas férias, eu jurava que vocês dois estariam namorando — Jorge provoca os dois amigos.

— Senhor Jorge, você sabe muito bem que eu não misturo trabalho com relacionamento afetivo — Lucy responde imediatamente.

— Se isso for verdade, Markus, nos diga como está indo a sua vida amorosa — Jorge brinca com Markus.

— Jorge, meu amigo, minha vida anda muito corrida e infelizmente não tenho tempo para isso. Aliás, não sei o motivo, mas tenho a impressão de que passarei esta vida solteiro. E, como todos nós temos tanto que aprender, casando ou não, sempre teremos oportunidades de aprendizado para os nossos espíritos — Markus fala com sinceridade.

— Eu tenho a mesma impressão, que jamais me casarei — complementa Lucy. — E você, Jorge, como anda seu lado amoroso?

— Senhora Lucy, não tenho que lhe dar nenhuma satisfação — responde Jorge, fingindo que está bravo com a pergunta.

— Calma, meus amigos, eu já percebi que o centro do assunto sou eu — Markus fala de forma alegre. — Vocês dois são amigos há muito tempo e se conhecem muito bem. O estranho aqui sou eu. Então vou falar abertamente. Não sei se vocês sabem, mas a força de vontade do ser humano é uma fonte única, que se desgasta como uma bateria.

— Como é, Markus, você pirou de vez ou quer mudar de assunto? – pergunta Lucy curiosa.

— Vamos por partes, realmente eu me precipitei. Eu penso da seguinte forma: se eu fosse ter um relacionamento amoroso, teria que ser baseado, em primeiro lugar, na confiança, no respeito, na honestidade. Eu jamais iria me aproximar de alguém apenas para tirar proveito sexual ou social, ignorando os sentimentos da outra pessoa. O que eu não quero para mim, procuro não fazer para o outro — afirma Markus.

E continua falando:

— Porém um relacionamento sério exige algumas renúncias de ambas as partes, e essas renúncias utilizam a energia da força de vontade. A ciência comprovou, por meio de experimentos, que a força de vontade seria parecida com uma bateria de celular. E cada aplicativo que está ativo no celular e que consome a bateria seria um assunto para o qual necessitamos usar a força de vontade, ou para combater ou para realizar algo. Eu acho que se exemplificar vai ficar mais claro. Imagine que eu precise emagrecer e que tenha de fazer uma mudança de hábito alimentar. No começo eu terei que ter muita força de vontade para começar e continuar com a mudança. Isso vai consumir minha bateria. Porém, vamos supor que eu goste muito de apostar em jogos. Como namoro alguém, não é adequado que eu me dedique somente a esses jogos. Terei que ter força de vontade para resistir e irei consumir a mesma bateria que já está sendo gasta com a minha mudança alimentar.

— E o que tem isso com o fato de namorar? — questiona Jorge.

— Bem, eu estou me adaptando a uma nova vida nessa grande cidade, ao novo emprego que vocês me ajudaram a ter, e eu tenho uma grande gratidão por minha tia Joana, por tudo o que ela fez por mim. Eu não tenho bateria suficiente para suportar tudo isso e mais uma vida amorosa com outra pessoa. Eu seria muito chato e injusto — conclui Markus com uma boa risada.

— Nossa, Markus, essa comparação da bateria com a força de vontade eu não conhecia. Isso vai me ajudar bastante. Muito obrigado! — Jorge agradece de forma sincera.

— Agora eu tenho que confessar uma coisa para vocês dois. Eu desconfiava de que vocês dois tinham um relacionamento amoroso escondido, mas percebi realmente o amor fraterno que um nutre pelo outro. Isso é muito difícil e muito lindo! Parabéns aos dois! — complementa Markus.

Jorge segura as mãos de Lucy e fala com todo o amor e respeito que sente por ela:

— A Lucy sabe do meu amor de irmão por ela! Sou capaz de dar a minha vida para salvar a dela, que é muito mais importante para a sociedade do que a minha. Eu tenho total confiança nela e ela sabe disso...

Lucy, emocionada, abaixa seus olhos e, sentindo um grande conflito pelas doces e sinceras palavras de Jorge, nada comenta...

Markus retorna para sua casa, e dona Joana comenta que teve uma ideia que vai auxiliar a descoberta do verdadeiro informante do departamento.

16. REDE DE DESINFORMAÇÃO

Um encontro secreto está se realizando em uma grande sede em uma fazenda afastada do centro urbano. São os principais donos dos jornais, TVs e revistas. Estão reunidos para contornarem os problemas que estão enfrentando, com a descoberta sobre as notícias falsas que eles publicam, em função de seus interesses financeiros. Algumas pessoas, com a tarefa de preservar a verdade dos fatos, estão denunciando essas mentiras.

Enquanto discutem as possíveis ações para contra-atacarem, Krápiter aparece no meio da grande sala de reunião e, como sempre, destrói todos os equipamentos de segurança e filmagem.

— Vocês, os poderosos das mídias de informação, preocupando-se somente com os ganhos financeiros? Miseráveis! Eu sei que todos vocês conhecem a passagem em que o Mestre dos Mestres explica a diferença entre ir pelo caminho do bem, que é a porta estreita, e ir pelo caminho do mal, que é a porta larga, que conduz para a perdição! Vocês escolheram a porta ampla, mais fácil, que não exige alguns desapegos materiais. Vocês tinham total condição de viverem bem, com recursos financeiros suficientes para vocês e seus familiares! Mas a extrema ambição tomou conta de seus ideais! O que interessa é apenas o que vocês irão ganhar materialmente! Porém a hora de vocês chegou! Irão colher agora tudo o que plantaram!

Os grandes empresários da mídia ficam completamente paralisados, sem nenhuma reação contra Krápiter, que continua falando de forma vigorosa:

— Vocês têm a chance de se arrependerem, isso vai definir o quanto irão sofrer. Se contarem toda a verdade aos responsáveis pela segurança pública, serão presos e perderão suas posses materiais. Mas terão uma nova oportunidade num futuro próximo. Mas se não tiverem a coragem necessária, poderão interromper a vida de vocês com alguns itens que estão em cima da mesa. Porém saibam que este caminho é a porta larga, o preço a ser pago será muito maior. Não tenham pressa. Enquanto decidem, sintam todo o mal que causaram a milhões de pessoas. Bom proveito!

Dizendo isso, Krápiter se afasta, deixando para trás somente os sons de sua risada aterrorizante.

Passados alguns dias, Carlos está reunido com Lucy, Jorge e Markus e conversam sobre o triste episódio do suicídio coletivo de grandes empresários da mídia.

— Gostaria de trazer uma informação muito importante — interrompe Markus com voz preocupada.

E continua a sua explicação:

— Como vocês sabem, a tia Joana faz parte de um grupo de pessoas que ela ajudou na Casa de Assistência e que depois se formaram e agora estão trabalhando de forma anônima auxiliando a polícia, desvendando alguns crimes e criminosos. Inclusive aquele novo software de reconhecimento facial que está em testes na polícia teve alguns módulos desenvolvidos gratuitamente por eles. E eles informaram sobre um grupo de traficantes que está vindo de outro país para acabar com os chefes locais do crime e para tomar todo o mercado clandestino de drogas. Como sabemos, o mundo inteiro está melhorando no combate ao mal, com a ajuda sei lá de que grupo ligado ao bem. Esses traficantes estrangeiros estão procurando novos clientes. Esse ataque está previsto para daqui duas ou três semanas. Os jovens estão obtendo novas informações e logo repassarão para a tia Joana.

— Excelente, Markus! Não vejo a hora de obter mais informações para poder capturar esses terríveis criminosos que espalham somente dores por meio do vício das drogas! — exclama Carlos, empolgado com a ideia de diminuir ou até mesmo acabar com o tráfico de drogas na cidade.

17. OPORTUNIDADE PERDIDA

O Comandante do grande grupo de criminosos está conversando com o seu fiel chefe das drogas por telefone. Eles procuram não se encontrar pessoalmente, para não levantar nenhuma suspeita sobre eles.

— Chefe, estou extremamente preocupado com a queda das nossas receitas! No mundo inteiro estamos tendo terríveis baixas! Precisamos contra-atacar urgentemente!

— Concordo, Comandante, está ficando muito difícil contratar novos adeptos para os nossos negócios. Não conseguimos mais fazer aquelas ofertas irrecusáveis. E eu perdi o meu melhor camarada naquele ataque que preparamos para acabar com o maldito Krápiter. Mesmo assim, irei preparar algumas ações para eliminarmos agentes importantes da polícia, que estão causando muitos estragos em nossos negócios.

Naquela noite, Krápiter aparece no ponto central de distribuição de drogas da cidade e, ao ver os dois responsáveis pela distribuição, reconhece que são os dois bandidos que fugiram da oficina de carros roubados.

Krápiter imediatamente levanta os dois marginais pelo pescoço e começa a gritar com eles:

— Vocês não aprendem mesmo! Tiveram a chance de escapar daquela oficina onde seus companheiros de crimes se suicidaram! Vocês tiveram tempo para se arrepender, mas as tentações do poder e da riqueza sem muito esforço fizeram com que vocês se unissem definitivamente ao grupo da pior espécie de bandidos!

E jogando os dois no canto e paralisando os demais aprendizes de delinquentes, que estavam com os dois para serem treinados na distribuição de drogas, Krápiter continua a falar:

— Todos vocês sabem da vida curta de qualquer bandido! O dinheiro fácil e o poder cobram um preço muito mais alto para vocês: as suas próprias vidas, seus imbecis! O tempo de vocês acabou! Já perderam a chance de se redimirem. Fiquem agora com todas as dores e angústias que pais, filhos, familiares e os próprios drogados passaram por causa das drogas que vocês vendem clandestinamente! Não se preocupem, eu sou muito piedoso! Vou deixar com vocês as drogas e alguns itens que poderão abreviar o sofrimento de vocês. Boa escolha!

E rindo muito alto, Krápiter se afasta daquele grupo de malfeitores, que não têm coragem de enfrentar o caminho mais correto, que seria se entregar para a polícia. Infelizmente decidem pela porta mais larga, a porta do suicídio.

No dia seguinte, Jorge comunica a Carlos que deverá sair mais cedo para resolver alguns assuntos particulares.

Markus, Lucy e Carlos aproveitam e se reúnem na sala de reunião para terem uma conversa reservada sobre vários assuntos.

— Não sei se vocês concordam, mas acho estranho quando alguém está com um grande problema ou com muito trabalho e a primeira coisa errada que essa pessoa faz é se afastar de amigos, familiares e colegas — comenta Carlos.

— Eu acho que é uma atitude até natural, Carlos, é uma forma de se dedicar melhor ao assunto em questão — responde Lucy prontamente.

— Infelizmente terei de discordar — interrompe Markus. — Alguns estudos científicos comprovam que essa é a atitude errada, que deveria ser feito exatamente o contrário. Ou seja, o relacionamento social, para o ser humano, é necessário, é como se houvesse uma troca de energia positiva entre as pessoas, carregando a bateria da vontade de todos os envolvidos.

— Muito interessante, Markus, eu acho que li isso em algum livro que foi indicado por um grande amigo — complementa Carlos.

— Pois é, Carlos, segundo as pesquisas, parece que o ser humano necessita tanto do relacionamento social como da alimentação e do ar que respira. Todos nós passamos por alguns problemas que não conseguimos impedir, porém todos nós podemos superá-los com mais sucesso quando temos o apoio emocional, por meio do relacionamento social — explica Markus.

Markus aproveita o silêncio causado pelas suas considerações e o fato de que os três se encontram sem nenhuma outra testemunha para revelar o que tia Joana conseguiu descobrir sobre o ataque dos traficantes estrangeiros:

— Finalmente a tia Joana conseguiu obter as informações que nos ajudarão a prender os novos bandidos. Aqui está o endereço da casa que alugaram, na qual deverão chegar na semana que vem para o ataque final aos traficantes locais. Eles terão mais uma semana na casa para planejarem perfeitamente como será esse ataque.

Ele mostra as informações para os dois, pedindo que ninguém as reproduza em voz alta, apenas memorizando os dados, evitando, dessa forma, possíveis escutas. Carlos fica encarregado de preparar o plano para prenderem os novos marginais.

Enquanto isso, o chefe das drogas resolve telefonar para o Comandante para passar algumas boas notícias.

- Olá, Comandante, terei de ser rápido, mas valerá a pena lhe informar sobre as novidades. Além da emboscada que irá eliminar aquele casal de investigadores, também faremos uma baixa fatal para eliminar o terceiro membro dessa equipe que tem atrapalhado os nossos negócios. E, apesar de as nossas fontes de dinheiro estarem acabando, vamos valorizar mais ainda o nosso melhor produto: o sexo!

— Muito bem, Chefe, finalmente você me traz alguma alegria! — o Comandante vibra ao ouvir as notícias.

— Então, Comandante, estou recolhendo o nome dos maiores compradores de filmes sexuais, inclusive de pedofilia, e irei selecionar os mais ricos para o nosso grande evento de final de ano. Vamos conseguir recuperar novamente o nosso poder e nossos recursos financeiros.

18. FÉ RENOVADA

Com base numa ligação anônima passada para o Departamento de Investigação, Lucy e Jorge vão ao local informado para salvar um importante político. Ao chegarem no local, não havia nenhuma comitiva para recebê-lo. Eles logo percebem que caíram numa emboscada. Os dois detetives procuram um local mais seguro para se proteger, porém os quatro bandidos começam a atirar furiosamente em direção a eles. Um dos tiros atinge o ombro de Jorge que, ferido, não consegue mais atirar. Depois de muitas trocas de tiros, Lucy, sentindo que restam poucas balas para se defenderem, resolve confidenciar a Jorge:

— Jorge, vou guardar as duas últimas balas... Caso não tenhamos mais esperança de sairmos ilesos, vou me matar e deixar a outra bala para você. Não suportarei ser torturada novamente, como foi da outra vez.

— Por favor, Lucy, não fale esse absurdo! Você já tem conhecimento suficiente para saber que o suicídio não cessa o sofrimento, pelo contrário, vai criar muito mais sofrimento do outro lado da vida! Nem pense nisso! — Jorge sussurra sentindo muita dor no corpo.

As palavras sinceras e firmes de Jorge provocam um choque de razão em Lucy.

— Você está certo, Jorge. Eu juro que, se sairmos dessa emboscada com vida, eu passo a acreditar na vida após a morte, na existência de um criador justo e bom! — diz Lucy procurando se controlar.

— Eu não sei se sobreviverei, Lucy, estou sangrando muito, o ferimento parece ser grave. Mas que as minhas últimas palavras sejam uma oração aos bons espíritos para que eles possam lhe proteger e lhe poupar de qualquer sofrimento. — E Jorge começa a orar mentalmente, apesar de toda a dor que está sentindo.

Nesse momento Krápiter aparece no meio dos quatro bandidos, jogando todas as armas para longe, destruindo-as ao caírem no solo. Ele tem em sua mente a projeção das traições que cada um dos bandidos cometeu com o companheiro de crimes e começa a falar para eles:

— Já que cada um tem um segredo e não quer que o outro saiba, vamos fazer o seguinte: abracem-se e não se soltem de jeito nenhum!

Os quatro bandidos sentem uma terrível força que os obriga a se juntarem, e começam a ver a traição que cada um sofreu por parte de seu companheiro. Um descobre que foi o seu parceiro que matou a sua mãe para que ele entrasse no bando. O outro saía com a esposa do amigo, o outro com a mãe e o outro roubava dinheiro dos próprios comparsas. Uma grande revolta toma conta de cada um e eles começam a gritar uns com os outros sobre o que acabaram de descobrir. Depois de muito lutarem, todos acabam morrendo.

Enquanto isso, Krápiter se aproxima dos dois detetives, não mudando a sua imagem exterior, e diz para Lucy:

— Espero que a partir de agora você cumpra o seu juramento, renove sua fé e comece a se interessar por assuntos mais elevados!

E, apertando delicadamente a bochecha dela, do mesmo modo que o falecido pai de Lucy fazia, repete as palavras paternas:

— Você sempre será a minha heroína preferida!

Krápiter se volta para Jorge, coloca a mão sobre o profundo ferimento e a bala é retirada do corpo, estancando o sangue imediatamente. Afagando o cabelo de Jorge, do jeito que a mãe dele, também falecida, fazia quando ele era menino e sofria *bullying* na escola, repete as saudosas palavras maternas:

— Meu querido filho Jorge, jamais se envergonhe dos atos que você praticou sem intenção de magoar quem quer que seja!

Jorge e Lucy começam a chorar copiosamente e Krápiter se levanta, caminha passando ao lado dos quatro corpos mortos no chão e os dois detetives veem a imagem dele desaparecendo no meio da neblina.

19. A REVELAÇÃO

Passados alguns dias, o chefe das drogas telefona para o seu superior a fim de informar as novidades:
— Comandante, já mandei os três melhores homens da minha equipe para a casa, conforme obtivemos a informação, para eliminarmos os novos inimigos que querem tomar o nosso negócio de drogas.

- Muito bem, Chefe, não quero nenhum sobrevivente! Eles vão saber com quem estão se metendo! — diz o Comandante, confiante na ação de contra-ataque.

Ao chegarem no endereço passado pelo informante, os três bandidos invadem a casa alugada. Porém, ao entrarem, são surpreendidos pelos policiais que estavam esperando o ataque.

Todos são levados para a delegacia e Carlos é informado sobre o sucesso da operação que ele havia planejado. Na mesma hora ele telefona para Markus, Jorge e Lucy, com o objetivo de se encontrarem imediatamente no Departamento de Investigação.

Ao se reunirem na sala, Carlos comenta o resultado da prisão dos traficantes e começa a acusar Jorge:

— Jorge, eu confiava muito em você! Como você teve coragem de nos trair? Você é a pessoa que está passando informações privilegiadas para esses bandidos. Eu não queria acreditar que era você! Mas hoje ficou comprovado que é você, seu traidor!

Jorge, não compreendendo as acusações de Carlos, se defende:

— Carlos, você está maluco? Que traição? De onde você tirou esse absurdo?

— Ora, seu miserável! Você pensa que não iríamos descobrir que você passou suas férias naquele navio caríssimo? Nós encontramos uma foto sua numa mídia social, você estava tentando se esconder, mas, graças ao novo software de reconhecimento facial, conseguimos identificá-lo. Com que dinheiro você pagou a sua passagem? Só pode ser com o dinheiro sujo vindo de sua traição!

Nesse momento, antes de Markus se manifestar, Lucy toma a frente e fala firme com Carlos:

— Espere um pouco, Carlos, você está confundindo tudo! Quando o Markus passou as informações de onde estariam os novos traficantes, o Jorge já havia saído. Lembra-se? Ele jamais teve contato com os dados. A menos que eu, o Markus ou você tenhamos passado essas informações para ele! Portanto, o único inocente aqui é ele! — Lucy grita e dá um soco na mesa.

Jorge, tomando coragem, começa a se explicar:

— Eu tinha certeza de que um dia eu teria que enfrentar esse assunto com vocês! Tentei evitar ao máximo, mas chegou o momento. Não posso ficar fugindo para sempre de mim mesmo! Tenho que encarar a realidade! Não fui eu quem pagou a viagem do navio. Na realidade, eu encontrei o companheiro com quem me relaciono afetivamente há um bom tempo e ele, como tem boas condições financeiras, pagou a viagem para nós, a fim de celebrarmos os três anos de namoro. Eu implorei para ele não tirar nenhuma foto, mas, pelo visto, ele não me ouviu...

Um silêncio tomou conta da sala. Um silêncio que expressava a vergonha de Carlos por ter acusado Jorge injustamente.

Markus começa a sentir um grande mal-estar e é socorrido pelos três amigos, que chamam imediatamente um socorro médico do departamento.

Nesse instante, na casa de dona Joana, dois marginais conseguem invadir a casa e, ao entrarem na sala, derrubam uma cadeira sem querer. Dona Joana está no andar de cima e, ao ouvir o barulho, lembra-se do conselho de Markus sobre o uso do celular para avisá-lo. Porém ela percebe que o tinha esquecido em cima da mesa da sala, no andar de baixo. Um frio percorre sua espinha. O gato Sam, como que intuído sobre a gravidade da situação, se enrosca nas pernas de dona Joana e a conduz em direção ao quarto. Dona Joana, instintivamente, obedece ao gesto do seu querido gato e fica orando para que o melhor aconteça. Sam, imediatamente, com os outros três gatos, desce as escadas de forma natural, sem assustar os bandidos. Um deles diz:

— Ainda bem que são somente quatro gatos estúpidos. Se fossem cachorros, já teriam nos atacado e teríamos que atirar neles.

Sam, com os seus três amigos gatos, de forma inesperada, ataca furiosamente os dois bandidos, atingindo o pescoço e o rosto deles. Ao serem atacados, os bandidos feridos derrubam suas armas e saem da casa fugindo do perigoso ataque. Ao atravessarem a rua, não reparam que um caminhão está vindo em sentido contrário. O motorista do caminhão tenta desviar, porém atropela os dois e o caminhão bate também em uma moça que os aguarda do lado de fora. Os três têm morte instantânea.

Dona Joana, ouvindo os gritos, desce, vê toda a cena trágica em frente a sua casa e liga para o Markus, relatando os tristes acontecimentos.

Ao ouvirem as notícias de dona Joana, os quatro, que estão no Departamento de Investigação, vão ao local da tragédia.

Os corpos ainda estão no chão, aguardando a perícia fotografar e levantar todas as informações do acidente, quando Carlos, ao se aproximar dos três mortos, fica totalmente pálido, quase sem conseguir respirar. Cambaleando, ele entra na sala da casa de dona Joana com ajuda de Markus e, ao se sentar no sofá, começa a chorar copiosamente. Após algum tempo, Carlos começa a contar para os três amigos assustados e para dona Joana:

— Eu sou um imbecil! Um verdadeiro idiota! Estava na minha cara o tempo todo e não percebi! Não mereço viver! Infeliz que eu sou!

Dona Joana aproxima-se dele e, com seu carinho natural, tenta confortá-lo:

— Carlos, não se culpe tanto assim! Eu imagino por que você escolheu esse caminho tortuoso. Eu tinha descoberto algumas evidências quando estava testando o aplicativo de reconhecimento facial, mas não tinha total certeza de que você estava envolvido na traição.

Markus, Jorge e Lucy, ao ouvirem esse relato, se assustam ainda mais e não conseguem fazer nenhum comentário. Dona Joana continua a conversa com Carlos:

— Eu tive uma ideia para ajudar a descobrir quem era o informante do Departamento. E infelizmente eu estava certa. Era você!

Os três amigos estão boquiabertos, sem acreditar nas palavras de dona Joana. Porém, o próprio Carlos esclarece a situação:

— Sou casado há mais de 20 anos. Infelizmente, com o passar dos anos, eu e minha esposa começamos a nos isolar e não tínhamos mais cumplicidade entre nós e nenhuma vida sexual. Eu estava fragilizado emocionalmente, mas nada justifica o que eu fiz. Apareceu uma linda moça e eu, na minha estupidez, imaginei que ela tinha se apaixonado por mim! Que estúpido eu fui! Era tudo combinado com os chefes do tráfico. Nos nossos encontros secretos, ela ia obtendo informações que eu passava sobre o meu trabalho! O interesse dela me encantava, eu acreditava que ela se preocupava comigo. Esqueci completamente da importância do sigilo profissional! Ao ver agora o seu corpo inerte no chão, ao lado dos dois marginais, compreendi tudo, de modo inexplicável!

E mais uma vez Carlos começa a chorar de vergonha e raiva de si mesmo.

— Meu filho, eu entendo o seu choro e acredito que você deva chorar mesmo — dona Joana procura confortá-lo.

— Isso o ajudará a aliviar um pouco. Porém, num relacionamento, as duas partes envolvidas são responsáveis por manter a chama do amor acesa, por meio de pequenos gestos gentis no dia a dia, no carinho diário um para com o outro. Vocês dois foram se afastando, infelizmente a culpa é de vocês dois. É bem provável que sua esposa também tenha procurado um companheiro que pudesse satisfazer seus desejos. Não pense em fazer nenhuma bobagem, como o suicídio. O suicídio é a falsa solução para acabar com os problemas. O suicida não quer acabar com a sua vida, ele quer acabar com sua dor, acabar com o seu problema, que aparentemente não tem solução... Por favor, não entre por esse caminho, isso irá lhe gerar muitas dores, não somente do outro lado da vida, mas também na sua próxima reencarnação... — diz dona Joana com todo o seu amor.

20. DESPEDIDA

No dia seguinte, dona Joana acorda irradiante e, ao descer, encontra o seu café da manhã predileto já preparado por Markus. Sua alegria se intensifica ainda mais e ela começa a contar para ele:

— Meu querido filho, hoje tive um sonho maravilhoso com a minha irmã, sua mãe adotiva, se é que eu posso chamá-la assim. Ela veio me abraçar e estava muito feliz! Não lembro o que ela me disse, mas só de lembrar do sorriso dela minha alma se enche de felicidade!

Markus, um pouco sem graça, se ajoelha em frente a essa doce mulher, segura as suas mãos e explica:

— Tia Joana, na realidade, a senhora foi uma verdadeira mãe para mim e eu não tenho como lhe agradecer tudo o que fez, para que eu pudesse cumprir a minha tarefa. Porém eu tenho que me despedir, chegou o momento de cumprir minha última obrigação aqui na crosta do planeta e depois terei que ir bem fundo, para completar o que comecei sozinho desde que cheguei aqui...

Markus não se controla e começa a chorar pela tristeza de se afastar de uma mulher que tanto bem fez para ele, assim como para muitas outras pessoas, de forma desinteressada. E continua:

— A senhora fez com que a minha vida fosse muito melhor e bem mais feliz! Que o bem maior possa lhe retribuir tudo o que a senhora tem feito a favor das pessoas.

Dona Joana, controlando um pouco sua dor pela futura separação, consegue falar algo para Markus:

— Agora entendi o motivo da alegria de minha irmã. A nossa tarefa está terminando e parece que ocorreu conforme o planejado. Meu Deus, como é difícil interpretar os sonhos! Markus, já que iremos nos separar, por favor, me mostre quem você é, eu tenho certeza de que sei, porém nunca tive coragem de lhe perguntar...

Markus se transfigura na frente de dona Joana e ela, muito emocionada, beija as suas mãos e, com uma imensa alegria em seu coração, exclama:

— Eu tinha certeza de que era você! Deus seja louvado!

E Markus, transfigurado, desaparece, deixando a certeza no coração de dona Joana de que todo o bem que ela aprendeu a fazer para o próximo tinha valido a pena.

Markus aparece, então, no Departamento de Investigação de Casos Especiais e pede para que se reúnam somente os quatro amigos. Ele abraça um por um, com uma grande gratidão que não precisa ser transformada em palavras. Uma enorme tristeza preenche o coração de todos, já que está muito claro que Markus vai embora e eles não mais se encontrarão.

Ele sai da sala e, enquanto se dirige para a saída, Carlos, Jorge e Lucy se abraçam e choram derramando lágrimas de saudades por uma etapa inesquecível da vida deles que se encerra nesse instante.

Markus, também chorando muito, não consegue olhar para trás e sai do prédio para concluir a sua tarefa no mundo dos seres humanos encarnados.

21. ÚLTIMA TAREFA

Chegou o grande dia da reunião do Comandante e do Chefe com os maiores e mais ricos compradores e distribuidores de pornografia do planeta.

Todos estão reunidos em uma mansão em uma ilha particular.

O Chefe explica a todos sobre cada material que será leiloado e a grande oportunidade de o comprador ganhar muito dinheiro com a revenda para os consumidores desse tipo de perversão, que já foram identificados, e as informações deles estão armazenadas em um pequeno dispositivo que é mostrado a todos.

Muitos dos vídeos de pedofilia foram obtidos por meio de jovens inocentes que se relacionam pela internet com pessoas que aparentemente gostam delas. Mas, na realidade, são bandidos disfarçados, com o único objetivo de conseguir vídeos e fotos que os jovens fornecem, sem terem ideia do que acontece com isso.

Quando o leilão vai começar, Krápiter aparece no meio do salão, causando um grande tumulto. Ao ver o que está prestes a acontecer, ele se enfurece e ordena que todos se ajoelhem e começa a gritar:

— Raça de serpentes! Vocês são o que existe de pior na face da Terra! Ganhando dinheiro com imagens e vídeos de crianças! Vocês são verdadeiros vampiros, sugando a inocência de jovens! É simplesmente inacreditável! Eu gostaria de matar cada um com minhas próprias mãos! Porém tenho uma ideia bem melhor. Vocês ficarão trancados nesta casa. Nenhum aparelho irá funcionar, vocês ficarão todos aqui, sem nada para comer ou beber. Vou levar esse precioso dispositivo com os nomes dos últimos marginais que colherão o que plantaram. Mas não pensem que eu sou maldoso. Não! Sou muito caridoso... Vocês terão talheres, pratos e copos à disposição, assim poderão colocar o que quiserem beber ou comer. Só espero que vocês gostem de carne crua e que sejam verdadeiros vampiros, aqueles que se satisfazem ao beber o tão desejado líquido vermelho.

Krápiter, ao sair, tranca todas as possíveis saídas da mansão por meio da sua mente e consegue visualizar o que ocorrerá dentro de um mês. Outro tubo cilíndrico de cristal transparente recolherá um pouco mais de massa escura gosmenta.

Krápiter se desloca para o Departamento de Investigação e aparece na sala de Carlos, que está pensando em todos os seus erros e como poderá reverter um pouco a terrível situação que ele mesmo criou.

Ao ver aquela figura exótica que surge na sua frente, Carlos entende quem ele é.

— Muito bem, você deve ser o Krápiter, de quem tanto ouvimos falar. Mas você não se parece nada com as descrições que obtivemos. Eu estou pronto para que me mate, não mereço realmente viver — confessa Carlos com grande tristeza em seu coração.

— Não é nada disso, Carlos, não vim para puni-lo, pelo contrário. Por tudo que você tem feito de bom para manter a justiça entre os homens e por ter me dado um emprego justo, eu sou seu devedor. Trouxe para você este dispositivo, que contém as informações de todos os consumidores de pornografia do planeta. São seres pervertidos e que merecem prisão perpétua. Você terá a oportunidade de concluir a limpeza do planeta Terra. A partir disso, a humanidade poderá progredir sem interferência do mal. Vai depender de cada um para que o futuro seja de amor ou de dor. Quem sabe um dia poderemos nos reencontrar...

E, dizendo isso, Krápiter sai da sala e desaparece. Carlos, segurando o dispositivo, compreende que Markus era Krápiter e, sentindo uma grande emoção, tem a sua mente revigorada para as novas tarefas no bem.

Krápiter começa a descer em direção ao interior do planeta. Passa pela dimensão das trevas e continua descendo, até atingir a dimensão do abismo. Ao chegar no local desejado, ele está em frente a um castelo construído de forma que aterroriza qualquer um que passe por ele. Em suas paredes externas estão esculpidas cenas das piores torturas e perversões que a humanidade criou. Krápiter caminha até o portão de entrada do castelo, que se encontra semiaberto. Ao entrar no primeiro salão, repara que não há ninguém por perto e pensa:

— Acho que todos fugiram ao pressentirem que o momento da luta final está se aproximando. Covardes!

Ao sentir uma sensação inédita de medo, Krápiter tenta se concentrar em sua tarefa:

— Agora só resta o Chefão das Trevas, aquele que comanda todo o mal espalhado pelo planeta, nas dimensões do abismo, trevas e crosta. Ele é a minha missão final, eu não tenho o direito de falhar!

E, adquirindo confiança novamente, Krápiter abre outra porta e entra no salão principal do castelo.

22. O ENCONTRO

Ao entrar no salão principal, Krápiter repara que está totalmente vazio, existindo apenas um grande trono no final do salão, em cima de uma grande estrutura com sete degraus. Ele caminha lentamente em direção ao trono e observa o seu tamanho gigantesco e como é construído com as mesmas imagens de tortura que estão nas paredes externas do castelo. Porém as imagens são figuras em movimento, representando todo o tipo de martírio que as mentes do mal criaram durante milhões de anos. As feições de dor e ódio são tão reais que qualquer um se amedrontaria ao vê-las. De repente, o ser que está sentado no trono se levanta e começa a gritar:

— Então você é o Krápiter, o miserável que está tentando acabar com o meu império? De onde você tirou essa ideia absurda, seu ser insignificante? Deve estar aqui por ordem daquele Cordeiro, o líder fracassado!

— Cala essa sua boca imunda, seu chefe de um império que não possui mais nenhum escravo! Você não tem mérito para sequer mencionar o Mestre dos Mestres — responde Krápiter também gritando.

Krápiter não se intimida com a presença do ser mais vil que qualquer um possa imaginar, com um olhar sem nenhum vestígio de amor ou piedade. O Chefe dos Dragões, nome dado por ele à falange de espíritos devotados ao Mal, que estão subordinados ao seu comando, procura outra forma para lidar com Krápiter. Abaixando o tom de voz, começa a falar de forma sarcástica:

— Eu ouvi seus pensamentos quando você estava no outro salão e sentiu medo pela primeira vez. Afinal, você iria enfrentar o invencível Chefe do Império das Trevas! Tremeu muito, seu investigador safado?

Krápiter, percebendo que não poderia cair na armadilha do Chefe das Trevas, procura manter o seu pensamento e energia voltados para a sua missão. E responde também de forma calma e sarcástica:

— Ora, ora, mas que interessante! Realmente eu senti uma desagradável sensação de medo. Mas sabe o que me fez recuperar a minha consciência? O fato de eu ouvir também o seu pensamento. Como foi mesmo? Ah, lembrei, foi assim: Será que realmente chegou o meu fim e o fim do império que eu construí há bilhões de anos? Nunca tinha sentido esse medo.

E, ao dizer isso, Krápiter começa a rir muito alto. O Chefão procura se controlar e desvia o assunto:

— Sabe que eu fui o responsável pela criação de tudo que existe no planeta Terra? Há alguns bilhões de anos encontrei esse local ainda em formação, e junto com os meus cientistas resolvemos começar a montar o meu império. Inclusive no começo da humanidade atual algumas pessoas foram intuídas para escreverem sobre o início da Terra, mas não da forma exata, porque não foi Deus que criou tudo, fui eu, junto com os meus cientistas! No início eram trevas sobre o abismo. Depois de muito tempo, quando a massa planetária estava pronta, colocamos os princípios inteligentes que foram reduzidos à forma atômica e que conseguimos reunir em nossos recipientes especiais, e começamos o processo de criação de organismos unicelulares. Depois de milhões e milhões de anos, por meio da morte e do renascimento, conseguimos criar seres mais complexos, seres multicelulares. Me lembro perfeitamente da nossa alegria pela vitória conquistada!

— Eu não acredito no que estou ouvindo. Quer dizer que o tal Chefão das Trevas acha que fez tudo isso sem o consentimento da Suprema Inteligência, o criador de tudo? Que coisa feia, esperava mais de você, chefia — Krápiter fala com ironia, procurando desequilibrar emocionalmente o terrível ser.

— Eu sei que, pela sua pequena inteligência, não vai conseguir entender todo o nosso esforço e toda a nossa competência. Não se pode esperar mais do que isso, afinal você segue um líder que foi morto da forma mais humilhante na sua época, crucificado — responde o Chefe também de forma irônica.

— O mais engraçado, chefia... Posso chamá-lo assim, certo? Afinal não tem mais ninguém para ouvi-lo, apenas eu, e em breve você não existirá mais... Eu tenho que ter um certo respeito por você, não é, chefia? — diz Krápiter, rindo muito com suas palavras.

E continua a provocar o Chefão do Mal:

— Enquanto você e seus amiguinhos brincavam de construir casinhas, não perceberam que o Mestre dos Mestres foi indicado pela Suprema Inteligência para cuidar não apenas dos seres que perderam a forma racional e voltaram a ser átomos marcados para sofrerem até o momento da redenção, mas principalmente de vocês, seres imundos! O Mestre dos Mestres jamais deixou de amá-los, seu imbecil! Ele mesmo veio algumas vezes aqui nesta sala, para tentar resgatá-lo, mas o ser mais burro que eu já vi não aceitou a divina ajuda.

— Amor? Que amor estranho esse do seu líder. Onde estava o amor dele, quando depois de bilhões de anos, conseguimos criar animais e vegetais com base na evolução dos corpos dos seres que foram reduzidos a átomos? Eles começaram a habitar novos corpos físicos. Com isso, começamos a transformá-los, até que obtivemos a forma dos dinossauros. Ah, que época maravilhosa! Podíamos ver as fêmeas sentindo grande dor e ódio quando viam seus filhos serem trucidados por dinossauros maiores! Estávamos treinando esses espíritos a odiar qualquer outro ser vivo! Que coisa linda! — responde o Chefão.

— Pelo visto, vou parar de me surpreender com a ignorância e cegueira de você e dos seus assessores, que já não existem mais. Acho importante ressaltar isso para você, chefia: eles não existem mais! Como vocês não perceberam a ação amorosa do Mestre dos Mestres desenvolvendo amor nessas fêmeas que sofriam por causa de seus filhotes? Não perceberam que somente pela dor é que esses espíritos iriam aprender que o único caminho para a real felicidade é o caminho do bem, o caminho do amor? — Krápiter diz com firmeza.

— Outro momento mágico que tivemos foi quando conseguimos criar a criatura que daria origem bem mais tarde à forma humana racional. Que vitória brilhante a nossa! — o Chefão vibra com as lembranças.

— Mais uma vez eu vejo sua estupidez e a de seus cientistas, que já estão reduzidos a átomos — comemora Krápiter.

— Tivemos muito trabalho, treinando os espíritos ainda animalizados a aprenderem a ter inveja do outro, ganância, sexo, orgulho, egoísmo, enfim, esses sentimentos que representam o meu poderoso império! Quando conseguimos, com uma pequena ajuda externa, colocar a racionalidade nessas criaturas, que emoção! Eles iriam começar uma nova etapa, o desenvolvimento de todos os sentimentos que levamos milhares de anos desenvolvendo. E a criação dos hormônios diferentes para o sexo masculino e feminino? Ideia genial! Quando jovens, os hormônios são responsáveis por ativar o apetite sexual! Crescei-vos e multiplicai-vos! Minha ordem expressa! Muitos carmas são gerados, novas reencarnações de sofrimento são necessárias e que ajudam a criar a ideia da não existência de um deus, mas sim tudo obra do acaso. E quando os seres humanos chegam à maturidade, esses hormônios diminuem, secando as mulheres, inutilizando os homens para a reprodução, gerando mais revoltas com a vida! — relembra o Chefão.

E ele continua a contar a história do seu Império das Trevas:

— Para que a humanidade começasse a progredir materialmente, recebemos muitos espíritos exilados de outro planeta, que logo foram reencarnando, trazendo conhecimentos adquiridos anteriormente e conseguimos que eles construíssem grandes pirâmides espalhadas pela Terra. E esses espíritos não acreditavam na ilusão de que existe somente um Deus, um ser que criou todos os universos! Logo eles ensinaram a adoração a vários deuses, muitos em homenagem a mim e a alguns cientistas — diz o Chefão com muito orgulho nas palavras.

— Nem irei mais comentar sobre a sua burrice. Vou apenas esclarecer algumas coisas. O Mestre dos Mestres foi o ser que permitiu que espíritos exilados de outro planeta pudessem aprender as lições por meio do sofrimento! Vocês não perceberam que, com o conhecimento mais avançado desses espíritos migrados para o planeta Terra, foi possível o desenvolvimento material da humanidade, começando a despertar o interesse pela medicina para a cura dos corpos físicos, pela filosofia para o entendimento do sentido da vida, o desenvolvimentos das artes teatrais, da música! — contra-argumenta Krápiter.

— Krápiter, o seu fanatismo pelo Cordeiro é digno de pena! Você que não entende que o ser humano só evoluiu porque nós deixamos! Você não sabe do nosso prazer ao ver os povos desenvolvendo armas a partir dos metais, a fúria das guerras entre eles! Isso foi maravilhoso! E quando descobrimos o plano sujo de que o Cordeiro já estava se preparando para encarnar no meio da humanidade, tivemos que movimentar as nossas melhores mentes para que os romanos destruíssem a Gália, local preparado para o nascimento do seu líder fracassado. Você precisaria ver o desespero dos seguidores dele! Eles se reuniram em muitas dimensões, tentaram reverter a destruição, mas nada conseguiram. Fomos mais uma vez vitoriosos!

Krápiter não perde a lucidez com as provocações do Chefão e parte novamente para o ataque no diálogo:

— Nossa, estou emocionado com a vitória de vocês... Ora, já chega de se enganar! Você esqueceu que o Mestre dos Mestres conseguiu nascer entre outro povo, que também acreditava num único criador? Que vocês tentaram matá-lo quando ele ainda era praticamente um bebê, intuindo aquele imperador maluco para matar todos os primogênitos do sexo masculino com idade de 0 a 2 anos? E que nada disso adiantou? Que falta de memória hein, chefia... É por causa da idade avançada? — ironiza Krápiter.

— Você é que está esquecendo que todos os meus súditos do império da trevas aprenderam comigo a ter paciência para obter a vitória. Nós esperamos o momento certo para humilharmos o Cordeiro, fazendo-o sofrer muito com o castigo antes da sua crucificação. Meus homens de confiança estavam encarnados no meio do exército romano e foi muito fácil fazê-los participar do aniquilamento do pseudolíder — o Chefão procura irritar Krápiter com as lembranças do sofrimento do Mestre dos Mestres.

— E mais uma vez ele saiu vitorioso em cima de vocês! Ao ser crucificado, de braços e pernas pregados numa cruz, ensinou para todo o sempre a grandeza do perdão, ao pedir para o nosso Criador que Ele perdoasse aqueles que não sabiam o que estavam fazendo. Obviamente não é o seu caso, chefia, já que você estava lá presente e sabia muito bem o que estava fazendo — relembra Krápiter.

— Obrigado por me recordar esse momento glorioso — retruca o Chefão. — E depois de alguns séculos, alguns imbecis quiseram adotar os ensinamentos do Cordeiro para os governos... E esse foi o momento em que infiltramos outros companheiros do nosso império e conseguimos adaptar os ensinamentos para o nosso lado. Foi muito gratificante vermos o ser humano entrar na Idade Média, com o fanatismo e a proibição de pensar diferente dos poderosos. Que época excitante! Homens e mulheres, que deveriam representar o Cordeiro, se envolviam em sexo, faziam abortos clandestinos, seguindo sempre os nossos belos conselhos. As Cruzadas também foi um momento marcante para o nosso império. Sem modéstia, a ideia foi minha para que os povos lutassem entre si com todo o ódio possível. E que linda foi depois a Inquisição! Outra brilhante ideia minha... Quando soubemos que um dos discípulos do fracassado voltaria no corpo de uma guerreira francesa, intensificamos esse meu projeto. E ela morreu na fogueira, afinal não podia correr sangue dos impuros, então sugerimos que os colocassem numa fogueira, assim não haveria derramamento de sangue. Fomos geniais! — o Chefão começa a rir com muito prazer pelas terríveis lembranças que lhe vêm à mente.

— E o Mestre dos Mestres, mais uma vez provando seu infinito amor por todos, envia seus fiéis amigos para reencarnarem e relembrarem os seus ensinamentos, sem nenhuma mudança. E com isso a humanidade sai da Idade Média e começa a Idade Moderna. A navegação começa a ajudar a descobrir novos continentes, pensamentos de liberdade começam a surgir em vários países, tudo sob a supervisão do Mestre dos Mestres — Krápiter fala também sorrindo ao lembrar da sabedoria do seu líder.

— Mas esses pensamentos de liberdade foram combatidos inteligentemente pelos meus súditos encarnados infiltrados. Líderes fizeram a Revolução Francesa, mas, ao conseguirem o poder, também começaram a combater os seres inocentes que queriam um mundo melhor! — exclama o Chefão.

23. O COMBATE FINAL

— Antes de eu acabar com você, Krápiter, quero ter o prazer de recordar as duas guerras mundiais que nós inspiramos em nossos companheiros reencarnados para gerar muita dor, sofrimento, revolta e, o principal de tudo, o descrédito em Deus e no seu líder fracassado! — o Chefão dos Dragões ri muito com essas dolorosas lembranças.

— Também já estou cheio de ficar perdendo tempo nessa conversa com você, chefia. Vamos logo acabar com isso, que eu estou com muita fome e sou capaz de devorar um dragão! — e Krápiter ri ironicamente com a insinuação do nome dado à equipe do Chefão.

Os dois oponentes começam a emitir raios a partir das mãos, tentando destruir o seu adversário.

Durante muito tempo eles ficam nesse combate cansativo, até que Krápiter começa a sentir fraqueza em seu corpo, indicando que não vai conseguir lutar por muito tempo...

Ele recorre à oração sincera interior, aquela que traz conforto e energia para quem a faz com sinceridade:

— Criador de todos os universos, se eu tiver que perder, que seja feita a sua vontade. Porém, se for para vencê-lo, peço humildemente sua ajuda. Que seja feito o melhor!

E a força dos seus raios dobram de poder em cima do Chefão, que não suporta o ataque duplo e cai derrotado no chão. O seu corpo espiritual começa a se transformar em uma grande bola vermelha incandescente, como se fosse explodir.

Krápiter cai de joelhos, terrivelmente cansado, com seus cabelos pretos cobrindo sua cabeça abaixada, e começa a pensar: *Que estranho! De repente começo a rever tudo... A minha primeira missão, ou seria a minha primeira tarefa...?*

Enquanto Krápiter revive toda a sua trajetória, ele é levado para uma dimensão bem acima.

Durante sua subida, o corpo espiritual do Chefão explode como se fosse uma bomba atômica, destruindo todas as construções existentes nas dimensões das trevas e do abismo, deixando tudo deserto. O planeta Terra está finalmente livre da má influência do Império das Trevas.

Quando Krápiter termina de recordar toda a sua aventura, de joelhos, percebe que está num outro ambiente, com uma profunda sensação de paz. E ouve uma voz que lhe parece familiar:

— Muito bem, meus filhos, vocês conseguiram! Estão de parabéns! Finalmente o Império das Trevas foi derrotado e destruído, graças ao trabalho e dedicação de vocês!

Krápiter não entende direito o que acaba de ouvir e responde com indignação:

— Como vocês? Eu posso ter tido ajuda de boas pessoas encarnadas, mas na maioria das vezes eu agi sozinho!

Ao terminar de falar, repara que outra voz feminina fez a mesma reclamação. Ele imediatamente olha ao seu lado e vê a figura de uma mulher que também está surpresa com aquela afirmação que eles escutaram há pouco.

Os dois reparam que são muito parecidos, usam a mesma roupa, diferenciando-se apenas nas feições masculina e feminina. Um grande susto toma conta dos dois.

— Quem é você? — pergunta a moça com curiosidade.

— Me chamo Krápiter. E quem é você?

— Eu sou Kalena, uma criatura que foi feita para colocar e sujar as mãos na lama, a fim de que inocentes não tenham que fazer isso nem tenham que sofrer injustamente.

Krápiter toma outro choque ao ouvir exatamente as palavras que ele costumava dizer. O espírito que os recebeu se aproxima e eles conseguem visualizar a figura humana de um homem, de alta elevação espiritual e que parece ser conhecido deles. Eles ouvem a sua voz suave, esclarecendo todas as dúvidas:

— Pois é, meus filhos, vocês dois foram os principais responsáveis pela vitória do bem no planeta Terra. Não havia extraterrestres, nenhuma equipe de androides, nada disso, apenas vocês dois. Porém sabemos que o mérito não é nosso, e sim do Mestre dos Mestres, que tem nos auxiliado há bilhões de anos com sua renúncia, seus ensinamentos e seu amor para com todos! Enquanto nos preparamos para ouvirmos a nossa punição pela rebeldia de termos feito sem o conhecimento dele e de nenhum outro espírito encarregado de proteger os planetas, vou ajudá-los a recordar como tudo começou e retirar toda a influência magnética que foi aplicada em vocês para o total esquecimento de suas individualidades.

Krápiter e Kalena, ao ouvirem essas palavras, começam a se transfigurar e retornam à forma humana que tinham na última encarnação. E, ao se olharem, relembram quem eles são na realidade. Uma imensa alegria invade o coração dos dois e eles se abraçam com muito amor e carinho, relembrando que eram casados.

E o espírito elevado continua a falar com os dois:

— Vocês dois foram casados na última encarnação. Não tiveram filhos e resolveram ajudar os filhos dos outros e outras pessoas, dando um significado positivo para a vida de ambos. Vocês fundaram uma casa de beneficência com muito sacrifício, dedicada a ajudar qualquer pessoa, independente da religião de cada um. Krápiter, foi nessa casa que a dona Joana foi acolhida quando era jovem e ela jamais esqueceu de agradecer a vocês dois pela ajuda inestimável que ela teve. E, Kalena, o mesmo aconteceu com a dona Luzia, porém ela mudou de país há alguns anos e nunca mais se encontrou com dona Joana.

Enquanto o espírito elevado fala, o casal, de mãos dadas, sente uma enorme emoção porque todas as renúncias e provações que eles passaram tinham valido a pena. E agradecem ao Criador por terem recebido de volta a ajuda daquelas duas senhoras que os ampararam durante a tarefa de combate ao Império das Trevas, na forma de Kalena e Krápiter. E também suas memórias são recuperadas.

— Agora vocês se lembram da última noite em que estavam encarnados. As atividades do dia foram encerradas, todos os colaboradores saíram, ficando somente vocês dois. Eu me aproximei de vocês espiritualmente, porque sabia o que estava prestes a acontecer. E vocês dois, sem saberem o motivo, se abraçaram e choraram muito, não entendendo o motivo do sentimento de separação. Ao fecharem a casa, vocês dois foram surpreendidos por dois assaltantes, que estavam sob efeito de drogas e atiraram em vocês dois. Quando vocês caíram mortalmente feridos, porém ainda conscientes, eles roubaram as suas alianças, documentos, carteiras e vocês dois em nenhum momento tiveram ódio deles, apenas oraram mentalmente para que a providência divina pudesse amparar o seu companheiro. Na hora da extrema dor, vocês foram capazes de se esquecer e rezar pelo seu companheiro. Isso possibilitou que eu pudesse retirar os espíritos de vocês assim que os corpos faleceram. Logo fomos para um local numa dimensão paralela à crosta planetária e vocês voltaram à consciência rapidamente. Vocês tinham se redimido e não havia mais as marcas de espíritos comprometidos com o mal. Eu conhecia o amor e a devoção de vocês pelo Mestre dos Mestres e propus um plano para libertar as pessoas imaturas do ataque incessante do Império das Trevas. Vocês imediatamente aceitaram, sabendo que o Mestre dos Mestres não conhecia o meu plano e que nós três iríamos correr o risco, porque, se conseguíssemos o êxito, teríamos de pagar um alto preço pelo nosso ato rebelde. O preço será retornar à forma de um átomo, perdendo tudo o que fizemos até hoje, e recomeçarmos a jornada de evolução com uma marca de espíritos comprometidos com o mal no núcleo do átomo.

Krápiter, ainda com muitas questões a serem esclarecidas, começa a perguntar:

— Quer dizer que depois de nossa morte na última encarnação, após aceitar essa perigosa missão, nós dois fomos magnetizados durante um bom tempo, para que a nossa memória não atrapalhasse o plano?

— Exatamente isso, Krápiter — confirma o espírito. — Por isso tentei evitar ao máximo que não se encontrassem, para que não pudesse ocorrer uma repentina lembrança da vida passada de vocês. Nas duas vezes em que vocês se encontraram, como eram momentos de muita tensão, não houve esse despertar. Por isso procurei fazer com que os ataques fossem na mesma hora, descontando o fuso horário, para também confundir quem quisesse descobrir quem eram os responsáveis. Vocês hipnotizavam as pessoas para que elas se lembrassem de vocês de outra forma. E estavam tão empenhados na missão que não foram tentados pelo prazer do sexo. Vocês tinham convicção de que estariam sozinhos.

— E quando estávamos na dimensão dos encarnados, na realidade não estávamos com um corpo físico igual ao deles, mas éramos agêneres?

— Isso mesmo, Kalena. Por isso vocês não conseguiam ficar muito tempo com a mesma forma. Ora Krápiter tinha que ser Markus, ora você tinha que ser a Cris.

— E quando eu fui ferido quase que mortalmente com os dois arpões nos punhos? Como fui salvo? — pergunta Krápiter.

E o espírito esclarece:

— A Kalena foi ao local e, ao ver uma pessoa crucificada na parede, ela se revoltou e imediatamente o soltou, fazendo com que os bandidos sentissem todas as dores insuportáveis, até o momento em que eles se suicidaram. Eu sugeri, mentalmente, para que ela o deixasse no chão, afinal você não corria risco de vida, e ela retornou ao seu país. Eu o recolhi, fiz os primeiros atendimentos na outra dimensão paralela à crosta e lhe devolvi ao quarto na forma de Markus, sabendo que as cicatrizes seriam rapidamente curadas.

— Então acabo de concluir que foi o Krápiter quem me salvou daquela armadilha que prendeu meus pés quando fui acabar com a reunião dos cientistas encarnados vinculados ao mal que estavam desenvolvendo uma nova droga poderosíssima! — diz Kalena, surpresa ao entender o que tinha ocorrido com ela.

— E foi você quem retirou a Kalena do auditório. Eu pensei que havia um grupo de pessoas com ela. E como ela estava sem parte de sua roupa e complemente coberta de sangue, não pude identificá-la — explica Krápiter.

— Exatamente. Fui eu quem retirei Kalena e a ajudei a se recuperar — o espírito elevado valida o comentário de Krápiter.

E ele continua a explicação para o casal:

— Vocês devem estar se perguntando o motivo de os pulsos e a parte logo acima dos pés serem os pontos fracos de vocês. Nada é perfeito na criação, apenas o Criador. Vocês teriam que ter um ponto fraco e acredito que, pelo amor e dedicação de vocês ao Mestre dos Mestres, a sabedoria divina designou os pontos onde ele foi crucificado. E, Krápiter, quando você socorreu Jorge e Lucy, eu estava ao seu lado e lhe passei mentalmente as palavras do que a mãe e o pai deles falavam quando eles eram ainda jovens. E mais um esclarecimento: quando vocês iam para as dimensões abaixo da crosta planetária, o ambiente era adequado para espíritos desencarnados, assim como vocês são, por isso a sensação de mais força.

E ele continua a conversa com Krápiter e Kalena:

— Krápiter, quando você chegou ao castelo do Império das Trevas, a Kalena já tinha concluído sua grande tarefa contra os protetores do castelo! Todos os átomos foram recolhidos em um cilindro para transporte, por isso você não encontrou ninguém. Porém o desgaste dela foi muito grande, tive que recolhê-la e lhe aplicar vibrações magnéticas para uma rápida recuperação. Quando você achou que não conseguiria vencer o Chefe dos Dragões e fez a indispensável oração, Kalena e eu chegamos e ela se uniu a você, dobrando a carga magnética em cima do Chefão. Isso possibilitou a nossa vitória! Saibam também que os espíritos do mal que foram reduzidos a átomos nas diversas intervenções que vocês fizeram foram reunidos nos tubos cilíndricos de cristal transparentes e serão conduzidos para um novo planeta em formação, assim como ocorreu com o início do planeta Terra.

Após uma breve pausa, o espírito elevado conclui:

— Enfim, tudo valeu a pena! Agora a humanidade está pronta para escolher o caminho do bem ou do mal, segundo o seu livre-arbítrio, não tendo mais as sugestões negativas por parte dos integrantes do Império das Trevas. As dimensões das trevas e abismo estão agora desertas e espero que jamais sejam povoadas novamente... Finalmente a humanidade está livre para aplicar os ensinamentos do Mestre dos Mestres nas diversas áreas do conhecimento, como, por exemplo, administração, engenharia, advocacia, medicina, relações internacionais, psicologia, psiquiatria, artes e tantas outras. Porém chegou o nosso momento! Vamos à dimensão acima de nós, para ouvir a nossa punição.

Os três dão as mãos e, de olhos fechados, são transportados para a dimensão mais alta, onde somente habitam os espíritos mais puros, aqueles que estão sempre em sintonia com a Suprema Inteligência, fazendo a sua vontade.

Ao chegarem no plano mais alto, sentem uma imensa paz, tanto que eles não conseguem ficar de pé e se ajoelham humildemente. Os três abrem os olhos e estão reunidos com o Mestre dos Mestres e mais alguns espíritos, todos da mesma alta hierarquia espiritual.

O espírito elevado, ajoelhado, começa a falar:

— Querido mestre e amigo, nós três viemos aqui primeiramente para pedir perdão por termos agido sem o seu consentimento. Mas quando eu soube que havia a possibilidade de o planeta Terra entrar em guerra mundial e explodir, causando estragos inclusive em outros planetas e dimensões, resolvi com o querido casal promover a separação entre o joio e o trigo. Sabemos do alto preço que iremos pagar. Mas esse nosso sacrifício é apenas uma pequena forma de lhe agradecer por sua dedicação nos bilhões de anos, sempre cuidando de cada um de nós, inclusive de todos os integrantes do Império das Trevas.

O Mestre dos Mestres se aproxima dos três e, com o seu elevado amor, começa a falar:

— Meus amados filhos, quem sou eu para julgá-los? Não precisam pedir perdão porque eu não me sinto ofendido por nada que fizeram. Eu entendo o ponto de vista de vocês, mesmo que eu não concordasse. Continuarei a reunião com os amigos e vamos pedir para que a Suprema Consciência decida o que será melhor a ser feito.

PREZADO(A) LEITOR(A),
ESTA HISTÓRIA TEM DOIS FINAIS, APRESENTADOS A SEGUIR EM DOIS EPÍLOGOS. LEIA-OS E FIQUE COM AQUELE QUE MAIS O AGRADE.
BOA LEITURA!

EPÍLOGO (A). O CONVITE

Os mestres se reúnem e o Mestre dos Mestres retorna com a decisão final tomada por todos:

— Meus amados filhos! Chegamos a uma decisão unânime. Convém explicar que estávamos reunidos antes de vocês chegarem para encontrarmos alternativas para um planeta que está no mesmo estágio de evolução do planeta Terra. Os espíritos vinculados ao mal estão impedindo que haja o desenvolvimento moral do povo que habita o plano encarnado desse planeta. Então temos uma proposta para vocês.

Os três aguardam ansiosos para saber qual é a proposta a ser apresentada, mas não pensam sequer em interromper a fala do Mestre dos Mestres.

— Vocês três conseguiram realizar um belo trabalho, sem contar com o auxílio de entidades mais elevadas. Agora terão uma nova oportunidade de auxiliarem irmãos nossos de outra galáxia, e com o apoio de alguns espíritos mais elevados. Vocês não terão nenhuma punição, aceitando ou não a nossa proposta. Possuem total liberdade para decidir.

Não existem palavras para definir a emoção que os três sentem ao ouvir o convite do Mestre dos Mestres e dos outros mestres. Os três praticamente respondem numa só voz:

— Com certeza, Mestre Jesus, não temos como agradecer esse convite tão especial!

E o Mestre dos Mestres continua a falar:

— Vocês podem ficar na forma em que se apresentam como Krápiter e Kalena, e devo confessar a vocês que os nomes escolhidos são bem fortes! — Sorrindo, Jesus abraça amorosamente os três novos integrantes da equipe intergaláctica.

EPÍLOGO (B). A DECISÃO

Os mestres se reúnem e o Mestre dos Mestres retorna com a decisão final tomada por todos:
— Meus amados filhos! Chegamos a uma decisão unânime. Convém explicar que estávamos reunidos antes de vocês chegarem, porém o assunto de vocês tem prioridade sobre o que estávamos conversando. Vocês já sabiam que teriam de pagar um alto preço, e infelizmente começará agora...

Após o Mestre Jesus concluir seu discurso, os três começam a perder os seus corpos espirituais, sendo rapidamente reduzidos a átomos. Enquanto ocorre essa transformação, uma lágrima cai dos olhos do Mestre dos Mestres, mas não se sabe se é por tristeza, agradecimento ou outro motivo.

Os novos três átomos se unem à lágrima que está caindo, sendo o casal dois átomos de oxigênio, e o espírito elevado, um átomo de hidrogênio, que juntos formam uma nova molécula de água.

A lágrima, ao cair no chão, contém somente moléculas de água com os átomos sem nenhuma marca, ou seja, os novos três átomos não estão com as marcas de espíritos comprometidos com o mal. A intervenção amorosa do Mestre Jesus permitiu que o sacrifício dos três fosse diminuído. Eles poderão fazer a evolução espiritual em mundos sem que o mal impere e se desenvolver por meio de inúmeras encarnações de amor ao próximo e renúncias, assim como foi a trajetória evolutiva em linha reta do próprio Mestre dos Mestres. Vai depender apenas do livre-arbítrio de cada um.